W0411996

APRIL

IMMER DIE GLEICHE FRAGE

Wie trifft man Jungs
an einer Mädchenschule?

Die Immaculate Heart Academy
ist nach der reinen Liebe Gottes benannt,
die durch Marias Herz fließt.
Aber hier ist der *wirkliche* Grund,
warum unser Schulwappen ein pulsierendes rotes Herz ist:
fünfhundert Mädchen in rot karierten Röcken.

Selbst wenn wir uns jeden Abend
die Zähne mit Knoblauchzahnpasta putzen würden,
könnten wir die Vampire nicht fernhalten.

ABER NICHT ALLE SIND MONSTER.

Zehnte Klasse, und ich date einen aus der Elften
von unserer Partnerschule, St. Luke's.
Craig ist süß, aber irgendwie ein Arsch,
immer zu betrunken.
Ihn zu küssen ist, wie
das Innere eines Fasses auszulecken.

Nick ist Craigs bester Freund.

Er wartet mit mir bei Josie Hemples Party,
während Craig ins Gebüsch pinkelt.

Er gibt mir sein Sweatshirt,
als Craig Bier über meins verschüttet.

Später wartet er mit mir in Craigs Auto am Lake Calhoun,
wo das Eishockeyteam entschieden hat,
nur Pussys fänden das Wasser zu kalt.

Er sagt, Craig sei ein wirklich toller Kerl,
wenn er gerade nicht völlig besoffen ist.

Wir schauen Craig dabei zu,
wie er in nassen Boxershorts
seinen Robotertanz macht.

Und plötzlich wollen wir beide
das nicht mehr sehen.

Also verkriechen wir uns in den Sitzen,
und als wir da sind,

passiert einfach so
ein Kuss,

der uns wieder hochschrecken lässt,
schnell,
sehr schnell.

WENN WIR'S IHM SAGEN

Wir sollten warten,
bis er wieder nüchtern ist.

Nick ist meiner Meinung:
Er sollte wenigstens bei Bewusstsein sein.

Oh Gott, diese Grübchen ...

Er fährt mit einer Hand
auf dem Lenkrad,
nimmt die andere von meinem Bein,
um die Heizung kleiner zu stellen,
die Craig aufgedreht hat,
bevor er weggepennt ist.

Vor meinem Haus
fühlt es sich an,
als wären wir die Eltern
und Craig unser großes, sabberndes Baby,
schlafend auf dem Rücksitz.

»Meinst du, er wird sehr angepisst sein?«

»Eher erleichtert.«

»Was?«

»Addie, bitte sei nicht sauer,
okay? Er hat sich total
schuldig gefühlt.
Er wusste nicht, wie er dir
von sich und Iris erzählen sollte.«

ICH NEHM'S ZURÜCK

Sie sind doch alle Monster.

ABER VERDAMMT ...

dieser hier ist so süß,
wie er seine warme Stirn
gegen meine drückt,
mich in seinen
verführerischen Dämonenatem hüllt,
flüsternd: »Tut mir leid, dass
Craig so ein Vollidiot war.
Du hast etwas Besseres verdient.«
Ich flüstere zurück: »Ohne Scheiß.
Dann zeig es mir.«

»Jetzt sofort?«, fordert er mich heraus.
»Was, wenn Craig aufwacht?«

»Dann sieht er ein letztes Mal,
was, zum Teufel, er verpasst.«

GLÜHWÜRMCHEN

Eine Stunde später,
beim Zähneputzen,
leuchte ich immer noch
im Dunkeln.

MAi

Erste Liebe

Es ist heiß,
es ist schwitzig,
es tut so weh.

Ich schalte mein Gehirn aus,
verdränge den Schmerz,
bis jeder Teil von mir
es will.

Ich will,
dass dieses Gefühl
ewig hält.
Oder zumindest
für einen
weiteren Kilometer.

Also rücke ich meine Kopfhörer zurecht
und laufe weiter.

SICHER?

Sicher bin ich sicher.
Du machst das nicht nur, weil Craig gesagt hat, ich würde dich voll abziehen?
Addie, du wirst mich niemals abziehen.
Und Craig kann mich mal am Arsch lecken.
Iris wird seine Zunge nicht so schnell freigeben.
Wir sollten beide dankbar sein, dass seine Zunge ein konstruktives neues Hobby hat.
Du solltest beim Brunnen auf mich warten.
Jetzt beleidigst du mich.
Sagt der Typ, der seit der Achten nicht mehr gelaufen ist.
Ich habe meine Kräfte gespart.
Na klar.
Na komm, wir besteigen ja nicht den Mount Everest.
Wir laufen nur ein paarmal den lächerlichen Hügel im Park rauf und runter.
Zehnmal. Zehn!
Zahlen machen mir keine Angst.
Alles klar, du Mathlet. Mit Vollgas nach oben und entspannt wieder runter.
Geht klar.
Du darfst jederzeit aufgeben.
Träum weiter.

SICHER? TEIL II

Nick?

…

Schüttle nicht nur den Kopf, sprich!

Ich … glaube …

Kommt da noch was?

Ich … glaube … ich …

Super! Noch was?

WarteaufdichbeimBrunnnen.

MUSIKSTUNDE

Nick unterrichtet Bass im Musikladen seines Onkels.
Ich hänge dort gern rum und warte auf ihn.
Gestern saß ich hinten im Unterrichtsraum
und lernte ein bisschen für die Bioklausur
oder starrte einfach nur ins Leere,
während er mit einem zappeligen Jungen arbeitete,
dessen Fingernägel ständig an den Saiten hängen blieben.

Schließlich meinte Nick: »Zeit für 'ne Maniküre, Kleiner.«
Er klappte die Schere seines Taschenmessers aus
und der Junge saß mucksmäuschenstill da,
während Nick jeden einzelnen kleinen Nagel kürzte.

Und dann jammten sie.

KEIN WUNDER,

dass Nick in einer Band spielt, die Side Effects heißt,
denn Milos Songs sorgen für
Schwindelgefühl, Augenrollen
und eine Abneigung gegen den Zirkus.

Milo war nie ein Grammy-Anwärter,
aber seine Songs waren nicht immer über
böse Hochseiltänzerinnen (»Hochseil-Mord-Suizid«),
böse Disney-Prinzessinnen (»Satanische Jasmin«),
oder böse Einsiedlerkrebse (»Krustentier-Femme-fatale«).
Dann verließ ihn Sabrina für Drake,
der Milo zu seinem Weihnachtsklassiker inspirierte:
»Stirb, du Lutscher.«

SCHOOL'S-OUT-PARTY

»Wie findest du's?«, brülle ich Claire zu.

»Was?«, schreit sie zurück.
Sie fordert mich auf, ihr zu folgen,
weg von den Boxen.

Aber ich bleibe,

während Milo sich auf der Bühne
herumwälzt und sich am
Mikrofon reibt,

während Jordan grinst und zwinkert
und mit seinen Sticks jongliert;

während Craig am Rand der Bühne
für ein Solo auf die Knie geht
und seine Hüfte nach vorn wirft,
den unglücklichen Mädchen in der ersten Reihe entgegen;

während Nick dasteht,
seinen Kopf über den Bass gebeugt.
Überrascht, als er die Augen öffnet,
darüber, dass die Welt noch da ist.

AFTER-PARTY BEI JORDAN

Als ich sage, ich fühle mich
wie ein Groupie,
wie ein absolutes Klischee,
beruhigt mich Nick: »Bist du nicht.
Der Bassist kriegt
niemals eine ab.«

»Das bin ich also«, außer
nackt und jederzeit bereit,
mich unterm Bett zu verstecken,
jedes Mal, wenn ein betrunkener Idiot
an der Türklinke rüttelt.
Hallo, ist da jemand drin?
»›Eine.‹«

»Wer hat gesagt, dass du dich bewegen sollst?
Lehn dich einfach zurück.«

Er rutscht zu meinen Füßen,
drückt sanft meine Beine auseinander,
sein Gesicht, seine Lippen, seine Zunge,
sind da, wo Craigs niemals waren.
Und wow!
Ich bin so dankbar,
dass Nick ein einfühlsamer Künstler ist,
ein absolutes Klischee.

JUNI

MINNESOTA

Land der zehntausend Seen.
Neun davon direkt hier in Minneapolis,
einer davon nur ein paar Blocks
von meinem Haus entfernt.

Ich jogge los, um Claire zu treffen.
Wir laufen gern früh, wenn es noch kühl ist
und der Weg nicht versperrt wird von
Eisverkäufern und Doppelkinderwagen.

Das Erste, was sie sagt, als sie mich sieht?
»Du siehst scheiße aus.«

Wie einfühlsam sie doch immer ist.

»Nick und ich waren bis zwei Uhr morgens bei Milo
und haben auf Iris aufgepasst. Sie hatte einen Zug zu viel,
dachte, ihre Lunge verbrennt.«

»Wo war Craig?«

»Der hat Guitar Hero gespielt. Seltsamerweise
ist sie trotz seiner großartigen ›Sweet Child of Mine‹-Ein-
lage nicht wieder runtergekommen.«

»Was für ein Arschloch.«

Wie recht sie doch immer hat.

Auf halber Strecke spüre ich die Magie,
die aufkommt und sich durch meine
Muskeln verteilt.
Dann hab ich halt kaum geschlafen.
Na und?
Schritt für Schritt, Atemzug um Atemzug,
werde ich wach.

NICHT-VIRALES VIDEO

Drei
Likes für die brandneue Single von Side Effects
»Sea World Seduction«,
und – ach, was soll's – ich mache daraus

vier,
denn wer hätte gedacht,
dass es so viele Reime
auf »Kriegt nie eine ab« gibt.

MOMS MEINUNG ZU JUNGS IN MEINEM ZIMMER

»Wenn du mutig genug bist,
dich der wilden Leidenschaft hinzugeben,
während deine liebe, unschuldige Mutter im Haus ist,
dann los!«

Dasselbe galt für meinen Bruder James,
als er noch zu Hause wohnte.
Aber sein Zimmer war ein Loch,
in dem die Mädels sich um ihre Tetanusimpfung sorgten.

Der Punkt ist: Meine Eltern vertrauen mir.
Und sie mögen Nick sehr.

Dad: »Er hat das Herz am rechten Fleck.«
Mom: »Er ist so höflich.«

Und es stimmt, gerade
hat Nick höflich gefragt,
ob er zu laut sei.
Und ich habe geantwortet: »Ich mach die Tür zu.«

RUMMACHEN

Nick sitzt auf meinem Bett.
»Wie findest du's?«

»Großartig.«

»Besser als das Erste?«

»Ich mochte sie beide.«

»Okay, sag mir, wie du das hier findest.«

Mein Blick auf
seinen Händen,
seine Hände auf
dem Bass,
meine Gedanken bei
dem Gedicht,
an dem ich
rumgemacht habe,
bevor er mich bat, ihm zuzuhören.

NICK WILL UNBEDINGT,

dass ich Songtexte schreibe.
Denn wäre es nicht super,
wenn Side Effects wenigstens einen
verdammten Song hätte, bei dem er sich nicht
hinter seinem Verstärker verstecken will?

Ich kann das nicht.

Klar kannst du.

Ich kann das nicht.

Was ist der Unterschied zu den Gedichten, die du schreibst?

Meine Gedichte sind nicht für ... andere Leute bestimmt.

Tu es für mich, Addie. Bitte bitte?

Versprich mir, mich nie mehr so anzusehen, dann
versuch ich's.

Kann dich nicht

Kann dich nicht verlieren.
Kann dich nicht finden.
Kann dich nicht lieben.
Kann dich nicht definieren.
Kann dich nicht ändern.
Kann dich nicht akzeptieren.
Kann dich nicht auslöschen.
Kann dich nicht davon abhalten,
~~im Rinnstein zu schlafen~~
~~meinen Affen zu bestrafen~~,
~~Musiker zu werden im Liverpooler Hafen~~.

OH GOTT

Ich bin Milo.

NEIN,

du darfst nicht lesen,
was ich geschrieben habe.

Ja,

ich versuche es weiter.

Sonntagmorgen

Dass wir nicht in der Kirche sind,
bedeutet nicht, dass wir keinen Ort
zur Andacht gefunden haben,
in den buntglasperligen Schatten
unter der Zuschauertribüne der Sporthalle.
Sein Mund eine lebhafte Liturgie
entlang meines Nackens.
Mein Verlangen ein heiliger Schmerz,
ein Segen. Ich beuge mich zurück,
bereit, die Kommunion
zu empfangen.

EINE RISKANTE GLEICHUNG

Eins plus eins plus
null Kondome macht
bittebittebitte nicht drei.

AUGUST

SPÄT DRAN

Claire ist schon
zweimal um den See gelaufen.
Sechs Kilometer, und jetzt hat sie keine Zeit mehr,
sie muss um zehn arbeiten.

(Unfassbar aber wahr: Sie arbeitet bei Claire's!
In dem Laden in der Mall,
wo sie in der sechsten Klasse
glitzerndes Zeugs geklaut hat.)

»Morgen?«
»Morgen. Ich schwöre es.«
»Ach, keine Ahnung, Addie. Ich glaube,
du bist nicht ganz bei der Sache.«

Sie klingt schon wie unser Trainer.
Deshalb kann ich nicht anders und
zeige ihr den Mittelfinger, bevor ich
einem Golden Retriever ausweiche
und loslaufe. Ich werde nicht
zu spät dran sein.

Nicht schon wieder.

NEUN ARTEN DES SPÄT-DRAN-SEINS

»Es ist wahrscheinlich nichts«-spät
»Denk nicht darüber nach«-spät
»Panikattacke mitten in der Nacht«-spät
»Oh Gott, bitte nicht«-spät
»Entspann dich«-spät
»Es ist bestimmt gar nichts«-spät
»Tief durchatmen«-spät
»Ich muss mich verzählt haben«-spät
»Aber was, wenn nicht«-spät

Diese Art von Verspätung.

DAMALS

Siebte Klasse, Religionsunterricht.
Schwester Rose erzählt etwas von
Stigmata, davon, dass Frauen erwählt wurden,
zur Stunde der Kreuzigung Christi zu bluten.

Das soll eine große Ehre sein,
klingt für mich aber wie
riesengroßer Unsinn.

HEUTE

würde ich alles
geben für
Blut
auf dieser knochenweißen Binde.

Körper

Wir ziehen sie groß.
Sie schlafen in unserem Bett.

Wir vergessen,
dass sie immer noch wild sind.
Dann wenden sie sich eines Tages zähnefletschend
gegen uns.

Wir laufen durch eine dunkle Gasse,
ohne aufzupassen. Sie lauern uns auf,

drücken uns zu Boden, rauben uns den Atem,
mit Händen, die wir zu kennen glaubten.

ABERGLAUBE

Ich bin es nicht,
wenn ich jede zweite Stufe auslasse,
wenn ich die Tür mit dem Ellenbogen öffne,
wenn die nächsten vier vorbeifahrenden Autos
nicht schwarz – äh, grün – sind.
Wenn ich es über die Straße schaffe,
ehe es rot wird,
wenn der vor dem Supermarkt angeleinte Pudel nicht bellt,
wenn ich rückwärts durch den Gang
mit den Tampons gehe,
wenn die Frau vor mir bar bezahlt – äh, mit Karte.
Wenn ich den Kassenbon esse,
wenn ich die Einkaufstasche zwischen den Zähnen
nach Hause trage,
wenn ich die Vanille-Duftkerze
in meinem Zimmer anzünde,
wenn ich den Blindenstock in der linken Hand halte,
wenn ich den Rosenkranz in der rechten Hand halte,
wenn ich mich zehnmal bekreuzige, bevor ich
nachsehe, ob es
ein
oder
zwei
Streifen sind.

TOILETTENGEBET

Gegrüßet seist du, Maria, voll der Gnade,
du weißt, wie es ist,
der Herr ist mit dir,
in einem Körper aufzuwachen, der nicht mehr dir gehört,
du bist gebenedeit unter den Frauen,
du nimmst die Finger von den Tasten,
und gebenedeit ist die Frucht deines Leibes, Jesus,
doch das Klavier spielt einfach weiter,
heilige Maria, Mutter Gottes,
bis du selbst zu einem Lied wirst,
bitte für uns Sünder,
wer hilft mir jetzt, Maria?,
jetzt und in der Stunde unseres Todes.
Du?
Amen.

ERTRINKEN

Natürlich macht Nick nicht Schluss,
als ich es ihm sage.
Schlägt nicht gegen die Wand
und schreit nichts Filmreifes wie:
Wie konntest du das zulassen?
Woher weißt du, dass es von mir ist?

Wir sind in meinem Zimmer.
Er zieht mich an sich heran,
runter auf den Sitzsack.

Er ist mein Rettungsboot.
Trotzdem gehe ich unter.
Ich öffne meinen Mund,
doch alles, was herauskommt, sind
Luftblasen.

DER PERFEKTE FREUND

fährt mich zur Schwangerschaftsberatung,
streichelt meinen Arm im Wartezimmer,
hält meine Hand, als die Ärztin
mit fürchterlichem Mundgeruch meine Optionen erklärt,
hält auf dem Heimweg an der Tankstelle,
kauft eine Packung Gummibärchen und
lässt mich alle roten essen,
sagt mir, er erträgt es nicht,
dass ich das alles durchmachen muss,
sagt mir, er wünschte, er könnte

meinen Platz einnehmen,

lacht nicht, als ich ihn als typischen
Mann bezeichne, der alle Aufmerksamkeit will,
Nick – das war ein Scherz!,

fährt den Rest des Wegs zum
Haus seiner unperfekten Freundin,
ohne ein Wort zu sagen.

NACHDEM NICK MICH NACH HAUSE GEBRACHT HAT,

schreibe ich Claire:

Bin kaputt. Schaff es morgen nicht.

DRÜCKEBERGERIN!!!!!!!!!

Sorry, ich weiß.

Maria spielen

Dritte Klasse.
Claire und ich taumeln durch ihr Schlafzimmer
und greifen uns an die Rücken, als täten sie weh.

Ein Kind zu kriegen ist leicht.
Einfach mit der Hand
das Kissen unterm T-Shirt packen
und ziehen.

Als uns Jesus und Jesus
langweilen,
legen wir sie zum Mittagsschlaf vor den Fernseher.

So liebe Babys.
Sie schreien niemals.
Nicht mal, als wir uns auf sie setzen,
um unsere Lieblingsserie zu gucken.

MEINE LILA LAUFSCHUHE

Ich hab sie extra für Wettbewerbe aufgehoben.
Sie riechen noch richtig neu.
Wenn ich die Sohle reibe wie eine Wunderlampe,
kann sie mich zum Schlussverkauf zurückbringen,
als ich diese Schönheiten
anprobiert habe, ein paarmal vor dem
Spiegel auf und ab gehüpft bin
und wusste: Wir passen perfekt zusammen.

Ich schiebe den Schuhkarton zurück
unters Bett und konzentriere mich auf
die Suche nach einer Klinik.

ES IST EIN FRAUENRECHT

Sie lassen mich unterschreiben,
dass mich ein Arzt über die
Risiken informiert hat, über alles, was
reißen, bluten oder sich
entzünden könnte.

Nick?
Oh, sie erklären auch ihm
alle schaurigen Details.
Wenn er will. Oder eben nicht.
Wie auch immer. Das ist
seine Sache.

AUF SCHLIMMER UND EWIG

Es war einmal ein Mädchen,
das kam in die Küche,
in der seine Mutter am Tisch saß –
trinkend.

»Harter Tag in der Vorlesestunde?«,
fragte das Mädchen.

»Wie kommst du darauf?«

»Ich bin Hellseherin«, sagte das Mädchen
und zeigte auf die Flasche Absolut Vodka Raspberri.

»Hyperaktive kleine Zuckermonster«, stöhnte ihre Mutter,
auch bekannt als Miss Emily, die nach ruhigeren Tagen
als leitende Kinderbuchbibliothekarin in der
Elmwood Branch Bibliothek eigentlich auf
gesunde Ernährung setzt.

»Musstest du aus *Hansi der Hamster* vorlesen?«

»Ja«, quietschte Miss Emily in ihrer
Helium-Überdosis-Nagetierstimme,
die kleine Zuckermonster so lieben.

»Arme Mami«, sagte das Mädchen,
ebenfalls mit Quietschstimme.
Miss Emily hielt sich lachend die Ohren zu.
»Aufhören, aufhören! Ich kann nicht mehr.«

Das Mädchen brachte seine Mutter gern zum Lachen.
Sie wünschte, es könnte immer so bleiben,
zwei glückliche Charaktere in einer fröhlichen Geschichte.
Aber das war leider nicht möglich.

Denn das Abtreibungsgesetz in Minnesota verlangt
das Einverständnis der Eltern.

Lebensentscheidungen

Im Bus auf dem Heimweg
saß eine Frau neben einem Mann,
der eine Falafel aß, die unglaublich gut roch.
Also fragte sie, wo er sie herhatte.

Deshalb existiere ich:

Weil meine Mutter nicht stehen wollte.

Weil mein Vater keine Lust
auf Sushi hatte.

HEUTE

sag
ich
es
meinen
Eltern.

Oder vielleicht morgen.

NUR DIE GESCHLECHTSORGANE

Achte Klasse. Sexualkunde.

Das Diagramm im Buch
sah aus wie eine Orchidee
oder vielleicht ein Antilopenschädel bei Sonnenuntergang.

Aber das war keine Kunstgeschichte
und kein Werk von Frida Kahlo.

Schwester Joan sagte, wir sollten
aufhören, zu kichern,
aber was hatte sie erwartet?

Das war nicht einmal eine ganze Person.
Nur die GeSCHLECHTsorgane.

NICHT NUR DIE GESCHLECHTSORGANE

Nick musste mir versprechen,
es niemandem zu sagen,
damit
die Leute, wenn sie mich ansehen,
mich als Ganzes sehen.

SOBALD MEIN BRUDER AUFS COLLEGE GING,

ging er nicht mehr in die Kirche.
Sein Glaube war geschrumpft
wie ein altes Hemd,
und er konnte sich kaum daran zurückerinnern,
dass es mal gepasst hatte.

Dad sagte: »Auch wenn du nicht an Gott glaubst,
er glaubt an dich.«

James und ich rollten damals mit den Augen,
aber jetzt hoffe ich,
dass Gott fest genug an mich glaubt,
um mich meine eigene Entscheidung treffen zu lassen.

WAS KANN ICH TUN?

Aus dem Fenster springen?
(Die Rollläden klemmen.)
Abhauen und der Armee beitreten?
(Uniformen stehen mir nicht.)
Hoffen, dass die Erde in den nächsten
Sekunden explodiert?
(Eins ... zwei ...
verdammt!)

Okay, Schluss mit den Ausreden.
Es sind deine Eltern, kein Erschießungskommando.
Du schaffst das, Addie.
Du musst das tun.
Jetzt.

SAMSTAGNACHMITTAGSLAWINE

Dad ist wie hypnotisiert
vom Baseballspiel im Fernsehen.

Mom ist in ihr
Buch vertieft.

Ich liege zusammengerollt
auf der Couch.
Mit der Katze, die schlafend
auf meinem Schoß bleibt, auch als

die ganze Wahrheit
aus mir herausbricht.

DAD KANN ALLES REPARIEREN,

Papierstau, einen verstopften Abfluss, Bildschirmflimmern
das beunruhigende Geräusch beim Starten des Motors.

Er ist der König des schnellen Abstechers zum Baumarkt,
ein Zauberer beim Aus- und Einstöpseln.

Als ich klein war, konnte er die Monster unter meinem Bett
verscheuchen, indem er einfach das Licht anmachte.

In den Mauern seiner Umarmung
fühle ich mich etwas greifbarer.

Es ist okay, Addie. Alles wird gut.

Wenn ich nur vergessen könnte,
wie er zusammengezuckt ist,

als meine Worte bei ihm ankamen.
Als ob etwas
zerbrochen wäre.

DER REINIGUNGSZYKLUS

Mom flieht in den Keller.
Der Trockner läuft stundenlang,
dann kommt sie wieder hoch
und reibt mit den Händen
ihre verweinten Augen.

»Anscheinend reagiere ich allergisch
auf dieses neue Waschmittel.«

»Es tut mir leid«, sage ich.

»Mir auch«, sagt sie.

»Verdammtes Persil.«

»Ja, verfluchtes Zeug.« Sie lacht und
bricht in Tränen aus.

ERBARMEN

Nick kommt vorbei. Meine Eltern
gehen, kommen später zurück
mit Schokoladeneis.

Gegrüßet seist du, Addie, voll der Gnade

Stell dir vor, wie anders alles gekommen wäre,
wenn Maria zum Erzengel Gabriel gesagt hätte:
»Du willst, dass ich WAS MACHE???
Bist du völlig durchgeknallt????
Ich bin erst dreizehn!
Meine Eltern würden mich umbringen!!!!«

Und Gabriel hätte geantwortet:
»Alles klar, versteh ich. Kein Stress.«
Und wäre zum nächsten Mädchen gegangen.

NERVÖS

Wir haben ewig nicht mehr auf dem Friedhof trainiert,
seit die Firma, die ihn betreibt – Grabsteinscout24.de? –,
sich bei der Schule beschwert hat.

Aber irgendwie bin ich zurück,
meine Füße fliegen über den Weg,
links und rechts von mir
verschwimmen Grabsteine und Bäume.

Ich fühle mich gut und fit,
als plötzlich ein Engel heranfliegt
und mich angreift. Ich
hebe abwehrend die Arme, aber

aufwachen

ist die einzige Rettung
vor diesen wütenden Klauen und Flügeln.

SECHS UHR MORGENS

Ich fühle mich wie immer
am Morgen eines wichtigen Wettkampfs:
erschöpft
davon, die ganze Nacht
durch meine Träume zu laufen.

KEINE MITFAHRT OHNE GEBÄRMUTTER

Wir sagen Nicks Mom,
wir fahren zum Vergnügungspark,
um den Sommer noch mal richtig zu genießen.

»Habt Spaß«, sagt sie.

Eigentlich ist die Klinik gar nicht so anders
als ein Vergnügungspark.
Nick hasst Achterbahnen, die sich
überschlagen, sodass sich ihm der Magen umdreht.
Er wartet mit mir in der Schlange
für die Renegade,
aber als ich angeschnallt werde,

bleibt er zurück

und winkt und wartet
am Ausgang auf mich.

LAUFEN

Letzten Herbst, nachdem wir zwei Wettkämpfe
hintereinander verloren hatten,
ließ unser Trainer uns die Hügel
hinter dem Kloster rauf- und runter-
laufen. Immer wieder runter und mit aller Kraft
hinauf.

Ich bekam einen Krampf und brach
im Schatten der Marienstatue zusammen.
Unser Trainer runzelte die Stirn, sah mich
über sein Klemmbrett hinweg an und sagte,
ich solle mich zusammenreißen. Aber Maria
schaute mich gnädig an,

so wie die Krankenschwester in der Klinik,
als sie meine zitternden Beine ein bisschen mehr spreizt,
während die Ärztin das Gerät einschaltet.

HEIMFAHRT

Bist du okay?
Bist du okay?
Mir geht's ganz gut.
Mir geht's auch
            ganz gut.

Sicher?
Sicher.
Tut
es weh?
      Es tut
            ein bisschen weh.

Kann ich irgendetwas tun?
      Du kannst aufhören, dir Sorgen zu machen, okay?
      Okay.
Alles in Ordnung, nur müde.
Soll ich bei dir bleiben?
Bring mich nach Hause. Geh zu Milo, wirklich. Mir geht's gut.
      Wenn du dir sicher bist ...
Ganz sicher.

MOM MUSS ZUR ARBEIT.

Aber bevor sie geht,
bringt sie mein Nest auf der Couch in Ordnung,
holt mir meinen Laptop,
mein Smartphone, die Fernbedienung,
Tee und Zwieback, als ob
ich was mit dem Magen hätte.

Soll sie die Vorhänge zumachen?
Mir noch ein Kissen bringen?
Zu Hause bleiben?

Als ich aus dem Kaninchenbau des Schlafs
auftauche, ist sie verschwunden.
Ich bin nicht sicher, wo ich bin,
bis der Ventilator an der Decke
und die Krämpfe
mich daran erinnern.

SCHUTZENGEL

Die Katze läuft quer
über mich und legt sich genau dahin, wo ich
eine Wärmflasche am nötigsten brauche.

DAS FOTO AUF DEM KLAVIER

Ich am Strand von Lake Calhoun,
bevor mich die Sonne verbrannte,
bevor der See meine Frisur ruinierte,
nur wenige Tage bevor
ich den Test kaufte
und Gewissheit hatte.

Jedes Mal, wenn ich
durch das Wohnzimmer laufe,
lege ich den Rahmen hin,
nur um später wiederzukommen
und mich wieder zu sehen:
aufrecht,
nichtsahnend,
lächelnd.

UNSER TRAINER SAGT:

Letzte Saison ist egal.
Die Niederlage gegen Northstar,
Mondale und St. Paul?
Nie passiert.

Letzte Woche ist egal.
Dein Hintern steckte im Sand
und das Einzige, was lief,
war dein Mascara.
Letzter Urlaubstag. Okay.

Was zählt, ist jetzt.
Was zählt, ist, dass du alles gibst,
so hart trainierst, wie du kannst,
und dann noch härter.

Die gleiche Rede hält er jeden August
bei unserem ersten Crosslauftraining.
Das Training, das ich heute verpasse,
weil die Ärztin meinte, ich solle es
langsam angehen lassen.

ALS ICH ZU HAUSE LANGSAM, ABER SICHER, DURCHDREHE,

nimmt mich Nick mit ins Kino.

Vorn in der Schlange
bekommt ein kleines Kind einen Tobsuchtsanfall.
»Nachos *und* Gummibärchen, Daddy!«
Als der Typ sein
verwöhntes, schreiendes Kind in Richtung
Karate-Kamele 4: Die Rache der Alpakas wegschiebt,
sehe ich, dass Daddy niemand anderes ist als
unser Trainer.

Nick meint, es sei keine große Sache.
»Selbst, wenn er dich gesehen hat.
Sag ihm einfach, du hattest was mit dem Magen.
Sag ihm, die ganze Zeit über der Toilette zu hängen
war eine großartige Stretching-Einheit.
Sag ihm, sobald es dir besser ging,
bist du raus und bist Wiederholungssprints gelaufen.«

Willst du wissen, was in den
ersten dreißig Minuten von *Dead End* passiert?
Keinen Plan.
Aber nach einer Weile schmeckt mein
Popcorn nicht mehr wie verbrannter Sand.
Ich entspanne mich langsam.

Was passiert ist, kann ich nicht ändern.
Wieso soll ich mir davon den Abend
versauen lassen?

Soll unser Trainer doch glauben,
ich sei faul.
Soll er glauben, ich hätte das Training
ohne guten Grund geschwänzt.
Denn das ist die Wahrheit.
Klar, ich hatte einen Grund.
Aber niemals um alles in der Welt
würde er ihn gut nennen.

BEICHTE

Als ich klein war, waren auch meine Sünden klein:
ein winziges Bündel Lügen, böse Gedanken
über meinen Bruder. Doch für mich wogen sie
so viel wie Felsbrocken.

Jeden Monat bei der Schulbeichte
schob ich sie durch die kleine Öffnung,
um dem Pastor zu zeigen, wie böse ich gewesen war.

Einmal, als unser Lehrer nicht aufpasste,
schlich ich mich aus der Schlange
und in den hinteren Bereich der Kirche,
zu den Leichtgewichten, die schon
gebeichtet hatten und denen vergeben worden war.

Als ich mich auf die Bank fallen ließ,
stellte ich mir vor, dass sie
wie eine Wippe nach oben kippen
und meine Mitschülerinnen
durch die Luft schleudern würde.

GELEGENHEITSKATHOLIK

So nennt man die Leute,
die an manches glauben,
was die Kirche erzählt,
aber nicht an das volle Programm.

Mom erzählt mir von dem Tag,
als sie neun Jahre alt war
und der griesgrämige alte Pastor
sie vor der Messe zwang, ihre
Zwillinge-Halskette abzunehmen.

Sie konnte ihn nicht überzeugen,
dass es *kein* Götze war,
keine Sünde, sondern
ein *Geburtstagsgeschenk*.

»Die katholische Kirche wird von Männern geleitet«,
sagt sie, während sie ihr Portemonnaie zückt,
um für meine Antibabypille zu zahlen.
»Und Männer machen Fehler.«

Die Vorteile, Maria zu sein

Sie musste sich nie
Ausreden von Joseph anhören,
dass er ja eigentlich
Kondome mitbringen wollte,
aber sie im anderen
Eselskarren hat liegen lassen.

Keine Fahrt zum Drogeriemarkt.
Erzengel Gabriel macht Hausbesuche!

Kein Grund, auf einen Olivenzweig zu pinkeln,
ihn in drei Leinensäcke zu wickeln
und in Maria Magdalenas Abfall zu schmuggeln.

Der lange, blaue Umhang,
perfekt, um unansehnliche
Ausbeulungen zu verbergen.

Anstatt der Verdammnis
himmlische Chöre
und ein goldener Stern.

WIE FAHRRADFAHREN

In seinem Zimmer,
auf seinem Bett,
küssen wir uns lange.
Er berührt mich,
ganz sanft,
als wäre ich brandneu
und er hätte Angst,
ich könnte zerbrechen.

Werde ich aber nicht.

Ich nehme seine Hand,
lege sie dorthin,
wo ich sie brauche.

Halt dich fest, Nick.
Los geht's.

SEPTEMBER

WIR SIND

die »Immaculate Heart Crusaders«,
die Kreuzritter des unbefleckten Herzens.
Es ist kein Spiel, kein Lauf, kein Wettkampf,
es ist ein Heiliger Krieg.

Gerüchten zufolge will die Schulverwaltung
unseren Namen in etwas verändern,
das weniger nach dem 11. Jahrhundert klingt.

Aber wer auch immer wir sind,
bei *irgendwem* erwecken wir sowieso
den falschen Eindruck.

Bulldogs? Kampflesben.
Ravens? Satanisten.
Wildcats? Schlampen,
die beim Footballspiel
am Spielfeldrand lauern.

Ich schlage Heart transplant vor
oder Heart attack.
Oder wie wäre es mit:
Immaculate Heart Breakers?

Dann wüssten unsere Gegner,
dass wir so was von über sie hinweg sind.

UNSER ERSTER WETTKAMPF

Ein einfacher Sieg, oder?
Die Strecke in Lakeside ist ziemlich flach.
Sie haben eine gute Läuferin
und dann die typische Truppe
von lahmen Kiffern.

Auf der Zielgeraden
laufe ich direkt neben Claire,
als mein rechter Fuß auf etwas
Matschigem landet.
Ich ruuuuutsche
ein bisschen weg.
Gerade genug, dass Claire
davonziehen kann.

Ich beschleunige.
        Die Lakeside-Läuferin überholt mich.
I
c
h

w
e
r
d
e

l
a
n
g
s
a
m
e
r

Vom Sprint
über Joggen
in einen leichten Trab.

Als ich die Ziellinie erreiche,
wirkt es, als würde ich
gemütlich spazieren gehen.

CLAIRE ENTSCHULDIGT SICH GERADEZU DAFÜR,

gewonnen zu haben.
»Ich wusste nicht,
dass du dich verletzt hast.«

Habe ich mich verletzt?

Unser Trainer untersucht meinen Knöchel
und findet statt einer Schwellung
ein Stück verfaulten Apfel
unter meiner Schuhsole.

»Nächstes Mal nehme ich mich
vor gefährlichem Obst in Acht.«
Ich kann darüber lachen.
Es ist nur ein Wettkampf,
einfach nur Pech,

oder?

NOCH EIN WETTKAMPF

Beim Southwest Invitational
versage ich wieder.
Gegen St. Paul
ebenfalls.
»Mach dir keine Sorgen«, sagt Nick.
»Es ist noch früh in der Saison.
Du holst das noch auf.«
Ich mache mir keine Sorgen.
Ich weiß, dass ich noch aufholen kann.
Aber vielleicht will ich das gar nicht.

NICK HAT PAPPSCHILDER GEBASTELT

für den Wettkampf gegen North Tech.
Vielleicht brauche ich einfach nur
Motivation?

Er zeigt sie mir vorher nicht.
»So läufst du noch schneller,
um herauszufinden, was daraufsteht.«

Als ich mich gerade den ersten
Mammuthügel hochschleppe,
hält er sein erstes Schild hoch:
WAFFELN MIT PUDERZUCKER UND SCHMERZ

Bei der Hälfte des Laufs
hält er mir
ZECKENBORRELIOSE LIEBESHÖHLE
entgegen.

Auf der letzten Runde erwartet er mich
mit meinem persönlichen Favoriten:
HARPUNIERE MEIN HERZ
Wer hätte es gedacht: Milos Texte sind
doch für etwas gut.

Ich laufe zwar immer noch langsam,
aber ich lache mich dabei immerhin kaputt.

IM BÜRO UNSERES TRAINERS

riecht es nach mexikanischem Essen
und ätherischen Ölen.
Wahrscheinlich hat er einen Burrito,
getränkt in Kytta-Salbe, gegessen.

»Ich weiß, es ist nicht einfach,
ein Tief zu überwinden, Addie.
Aber wir schaffen das.«

Er zeigt auf das Motivationsposter –
ein Läufer, eine regennasse Straße –
über seinem Schreibtisch. Er lässt mich
den Spruch darauf laut vorlesen.

»Manche rennen gegen die Wand,
andere einfach mitten hindurch.«

Autsch.

Ich glaube, ich lass
die arme Wand lieber in Ruhe. Danke auch.

OKTOBER

MOTTOWOCHE

Oder, wie es die Schülervertretung nennt:
MOTTOWOCHE!!!!!!!!!!!!!!!!!!

Heute ist Montag. Pyjamatag,
an dem wir unseren Elan dadurch zeigen,
dass wir uns anziehen, als wären wir schwer depressiv.

Ich trage
meine Uniform! So wie immer!
Denn die trage ich auch zum Schlafen!
Im Literaturkurs!
In Chemie!
In jedem anderen Kurs,
den ich dieses Semester belege!

Ich bin so was von engagiert,
ich bin quasi eine Cheerleaderin!
»Gebt mir ein M!« »Gebt mir ein O!« Gebt mir ein
Zzzzzzzzzzzzzzzzzzzzzzzzzz...

IM ETHIKUNTERRICHT

erzählt Allison Finley,
dass sie *niemals* die Pille nehmen würde.
Denn die tötet Eizellen, so, als ob man
jeden Monat eine Abtreibung hätte.

»Biologisch gesehen
ist das nicht ganz richtig«,
sagt Schwester Barbara.

Aber Allison weiß Bescheid.
Ihr Vater ist Arzt – Gastroenterologe.
Aber hey, immerhin.
Und wir werden *sie* niemals
mit sündigen Eierstöcken erwischen.

Schwester Barbara wechselt das Thema.
Nächste Woche sollen wir unsere
Projektarbeiten abgeben.
Unsere Themen sollten längst stehen.
Sie hofft, dass wir uns etwas ausgesucht haben,
das uns etwas bedeutet.

Für mich wäre das ein Essay über ...
Antriebslosigkeit?

»Ich schreibe über Hope's Journey«,
tönt Allison und wartet,
als wäre sie ein dressierter Seehund
und ich sollte ihr einen Fisch zuwerfen.

Okay, was soll's. »Und, was ist das?
Ein Film über einen verirrten Bernhardiner?«

»Das ist ein Beratungsprogramm
für Frauen, die
ihre Babys getötet haben.
Hilft ihnen, mit der Trauer klarzukommen
und so. Solltest du mal googeln!«

Ähm ja, danke,
ich verzichte.

SO, WIE ES JOGHURT

in verschiedenen Geschmacksrichtungen gibt,
gibt es Nonnen von verschiedenen Orden.

Es gibt die Karmelitinnen,
die ein bisschen wie Diät-
Karamelleis klingen.

Und die Klarissen,
waren die nicht mal die Vorband von
Pierce the Veil?

Die Cellitinnen,
die ein wenig klingen als hätten sie große Probleme mit
Cellulitis.

Die Immaculate Heart Academy
wurde von den Servitinnen unserer Heiligen
Mutter gegründet,
die sich für ihr Mitgefühl
mit allen Leidenden rühmen.

Das ist seltsam, denn letztes Jahr
ließ Schwester Bridget Liz Morley
beim Nachsitzen einen Karton voller Mathebücher
drei Stockwerke hochtragen.

Liz war im sechsten Monat schwanger.

SCHWESTER BARBARA IST OKAY.

Sie unterrichtet auch
Textiles Werken und hat Liz beigebracht,
Umstandskleidung zu nähen.

IMMERHIN GEHT ES MIT DEM ESSAY VORAN … ODER AUCH NICHT.

Dorothy Day engagierte sich bedingungslos für soziale Gerechtigkeit. 1933, auf dem Höhepunkt der Großen Depression, gründete sie die Zeitung The Catholic Worker Newspaper*, um sich für die Ärmsten der Armen einzusetzen. In ihren eigenen Worten: »Für diejenigen, die jegliche Hoffnung auf eine bessere Zukunft aufgegeben haben.«*

Welche individuelle oder soziale Bewegung gibt dir heutzutage Hoffnung für die Zukunft? Erkläre, warum.

~~Die Rezeptionistin gab mir Hoffnung für die Zukunft, als sie sagte: »Ihr Termin ist eingetragen. Bis nächsten Freitag!«~~

~~Die Krankenschwester gab mir Hoffnung für die Zukunft, als sie sagte, die Ärztin beende noch eben eine Operation, werde aber jeden Augenblick bei mir sein.~~

~~Die Ärztin gab mir Hoffnung für die Zukunft, als sie sagte: »Es wird etwas wehtun, aber es ist bald vorbei.«~~

DIE PAUSENGLOCKE LÄUTET

und ich kann Claire nicht entkommen.
Ich bin die hilflose Schwimmerin,
sie ist der Hai,
schießt in einem Hello-Kitty-Kleidchen
durch den Flur. Pinke Slipper schlurfen
direkt auf meinen Spind zu.

»Kommst du wirklich nicht mehr zum Training?«

»Ich komme wirklich nicht.
Wenn ich letzten Freitag
richtig in Erinnerung habe,
wurde ich aus dem Team geworfen.«

»Genau genommen hast du das Team verlassen.«

»Und war es nicht rührend,
als unser Trainer mich angefleht hat, zu bleiben?
Oh warte, das ist ja gar nicht passiert.«

»Er lässt dich sofort wieder ins Team.
Heul einfach vor ihm. Männer können
mit Tränen nicht umgehen.«

»Claire, er ist unser Trainer, nicht
mein Freund.« *Igitt.*

»Ich mein ja nur. Bei mir hat das
in Mathe super geklappt. Ein paar Tränen
und – schwupp – Mr. Saltzman hat mich die
Klausur wiederholen lassen.
Ich musste nicht mal den Eyeliner nachziehen.«

»Danke, ich verzichte.«

»Okay, lass mich es für dich tun.«
Claire verzieht ihr Gesicht. »Mr. Gray,
Addie reißt sich für das Team den Arsch auf.
Sie hatte eine schlechte Phase.
Was soll's?
Sie ist immer noch unsere beste Läuferin.
Ohne sie schaffen wir es niemals in die State Finals.
Und ganz ehrlich:
Will ich auch gar nicht.«

Ich klatsche langsam in die Hände. »Beeindruckend,
Jennifer Lawrence.«

»Ich marschiere sofort in sein Büro.
Sag einfach Bescheid.«

»Nein.«

»Ach, komm schon!«

»Nein.«

Sie seufzt. »Okay, wie du meinst.
Kannst du mir deinen Sport-BH leihen?
Meinen hab ich ewig nicht gewaschen.
Er stinkt.«

DAS VERRÜCKTE IST,

dass Claire nicht schauspielert.
Wenn sie sagt, sie will mich zurück
im Team haben, dann meint sie es ernst.

Anscheinend
bin ich eine fürchterliche Freundin.
Denn
an ihrer Stelle
würde ich unseren Trainer niemals anflehen,
meine größte Konkurrentin zurückzuholen.

Letztes Jahr hat sie mich
einmal geschlagen,
aber es schien keine große Sache
für sie zu sein. Sie umarmte mich
wie immer und sagte:
»Guter Lauf«, und ich erwiderte
die Umarmung und sagte: »Du auch.«
Und ich war diejenige,
die schauspielerte.

NICK SCHREIBT

Gehst du zum Training

Jap

Ich geh zur Probe, Milo hat einen neuen Song geschrieben

Ich frag lieber nicht.

Erinnerst du dich an »Obdachlosenliebeshotel«

Leider ja

Es ist schlimmer

Schlimmer als »Gott geht zu Vapiano«?

Schlimmer als »Blickduell mit Ray Charles«

Du Armer

Wenn uns nur jemand einen Song schreiben würde …

Ich hatte noch keine Zeit

Ich vergebe dir

Oha, vielen Dank, Pater Nick!

Gott segne dich, mein Kind. Lauf schnell!

Mach ich das nicht immer?

WARUM FAHRE ICH ZU JAVA JOE'S,

wenn Caffeine-8 nur zwei Straßen
von der Schule weg ist?

Bei Java Joe's arbeitet keine Betsy,
sondern ein ungepflegter Typ mit Ziegenbärtchen,
dessen eindringlichste Frage ist:
»Mager- oder Vollmilch?«

Bei Java Joe's schaut keine Frau,
die am Fensterplatz Klausuren korrigiert,
von ihrem Latte hoch
und sagt: »Hey, Addie, hast du heute
kein Training?«

Bei Java Joe's können die zwei Mädchen
auf dem durchgesessenen geblümten Sofa
so viel flüstern, wie sie wollen.
Ist mir egal. Ich kenne sie nicht,
sie kennen mich nicht.

GEKOMMEN, UM ZU BLEIBEN

Meinen Kaffee trinke ich immer im Gehen,
denn immer gehe ich irgendwohin.
Doch nun muss ich irgendwo bleiben,
denn ich kann nicht nach Hause gehen.
Mom und Dad wüssten sofort,
dass ich nicht mehr zum Training gehe.
Ich könnte mich herausdrehen und winden,
aber ich bezweifle, dass das gut geht.

Sie würden nur glauben,
dass es mit mir bergab geht.
Schon wieder.

Ich frage ich mich,
warum, verdammt noch mal, sollte ich beichten gehen,
wenn ich einfach weiterhin so tun kann, als gehörte ich
zum Team,
und in diesem warmen, süßen, duftenden Café
bleiben kann. Also gehe

ich nicht nach Hause, nicht zu Nick und nicht ans College,
sondern gehe an die Theke,
schmeiße meinen Rucksack in die Ecke,
und bestelle einen Eiskaffee
zum Hiertrinken.

ZWEI. GANZE. STUNDEN.

Stell dir vor, was ich alles schaffen kann.
Keine Gewichte mehr heben.
Keine Trainingsläufe.

Ja, genau, höre ich mich
dem Journalisten von Runner's World sagen.
Ich hab das Laufen aufgegeben,
um mich auf die Highschool zu konzentrieren.

Schau,
wie ich den Laptop hochfahre,
wie ich Vollgas gebe,
wie ich all meinen Kram erledige.

SÜSS ODER GRAUSAM? DIE ETHIK VON KATZEN IN LEDERHOSEN

Das einzige Ethik-Projekt,

für das es

möglicherweise

als Recherche zählen könnte,

zwölf Katzenvideos

in Folge anzuschauen.

Als der Heilige Geist zu ihr kam,

muss Maria sich
so gefühlt haben:

??????????????????????????????????????
????????

DAS MÄDCHEN, DAS EINEN CHAI-LATTE MIT SOJAMILCH BESTELLT,

sieht aus wie der Tod,
in ihrem viel zu großen schwarzen Sweatshirt,
die Kapuze auf dem Kopf wie der Sensenmann
und Abercrombie-Jeans, die einer Leiche passen würden.

Der Tod streckt eine blasse Kralle aus,
um sein Wechselgeld zu nehmen,
dreht sich um,
grinst,
ruft meinen Namen.

DER TOD

ist Juliana!

Ich hab sie ewig nicht mehr gesehen,
das letzte Mal, als sie ihren Abschluss gemacht hat.

Sie zieht ihre Kapuze vom Kopf und
wird zu einer mutierten Version
der Juliana, die ich mal kannte. Ihre Haare
waren lang und blond, jetzt sind sie kurz
und algengrün.

Aber diese Augen. Wow. Sie sind
immer noch so unglaublich blau. Wie
aus einer Diamantenmine in Sri Lanka.
Schau zu lange in diese magischen Kristalle
und dir wird ganz schummrig.

»Was machst du hier?«, fragt sie.

»Surfen.« Ich mache auf cool,
ziehe meinen Rucksack vom Stuhl neben mir,
sodass sie sich setzen kann.

»Betonung auf *hier,* du Klugscheißer,
nicht auf *was*. Ich bin hier jeden Tag
und ich hab dich noch nie gesehen.«

»Hm, ach so.« Ich tu so, als ob ich nachdenken würde. »Ich bin heute *hier*, weil *dort* der Dresscode zu streng ist?«

Sie lacht genau wie früher. Das Lachen würde ich überall erkennen.

REKORDGARANT

Wenn unser Trainer uns richtig runtermachen,
äh, inspirieren möchte, erinnert er uns
an Julianas Abschlussjahr, als er
sich praktisch die Knie ruinierte,
weil er ständig
die riesige Leiter in der Sporthalle
rauf und runter
und rauf und runter
klettern musste,
um ihre Zeiten
auf der Rekordanzeige zu ändern –
nach jedem Wettkampf.

UNGEFÄHR SO LANGE,

wie sie braucht, um
ein Päckchen Süßstoff in ihren Drink zu schütten,
halte ich aus, bevor es aus mir herausbricht:
»Ich verstecke mich hier,
weil ich nicht mehr im Team bin.«

Früher oder später hätte sie sowieso
danach gefragt,
oder?

Ihre gepiercten Augenbrauen heben
sich bis unter ihren Pony. »Du musst dich verstecken?«
Sie rückt näher an mich heran.
»Lässt Mr. Gray nach dir suchen?«

»Nein, es ist nur ... das ist eine lange Geschichte.
Eine lange, doofe Geschichte.« *Warum
lächelt sie so?* »Wie ist das Crosslaufen
an der Uni?«

»Keine Ahnung.«

»Wie meinst du das?«
Sie streckt ihre kilometerlangen Beine
neben dem Tisch. »Ich laufe auch nicht mehr.
Ich setze diese Saison aus.«

Juliana, die nicht läuft,
ist wie ein Fisch, der nicht schwimmt,
ein Vogel, der nicht mehr fliegt,
sondern den Bus nimmt.
Das ergibt keinen Sinn, außer …

»Bist du verletzt?«

»Gib mir einen Moment,
um mir eine Antwort zu überlegen.«
Ihr Smartphone vibriert. Sie
ignoriert es. »Ich kann nicht ehrlich sagen,
dass ich nicht unverletzt bin.«

»Oh Gott, lass mich raten. Du studierst Philosophie.
Wie mein Bruder.«

Sie grinst. »Anthropologie. Aber im Ernst,
Addie. Ich gönne mir nur eine Pause, das ist
keine große Sache.«

HAST DU NICHT EIN STIPENDIUM?

»Hatte«, korrigiert sie mich. »Ich *hatte* ein Stipendium.«
Ihr Smartphone unterbricht sie – *Schau mich an!*
Schau mich an! – und dieses Mal gehorcht sie.
»Hey, ich muss los. Sollen wir uns
morgen um dieselbe Zeit wieder hier treffen?«

»Lass mich meinen Kalender checken.« Ich kneife
die Augen zusammen. »Na so was, nichts geplant.«

»Alles klar, dann bis morgen.«

»Verrückt,
dass wir uns getroffen haben.«

»Wie gesagt, ich bin hier quasi
jeden Tag.« Ihre Kapuze verschluckt
ihr Gesicht. »Mein Psychiater hat seine
Praxis direkt um die Ecke.«

ARGH ...

Hätte ich mal nicht »verrückt« gesagt.

Andererseits ...
geht sie zum Psychiater.
Jeden. Tag.

Vielleicht mögen sie sich einfach
nur sehr!

Vielleicht arbeiten sie
an einem zeitaufwendigen Projekt.

Eine gehäkelte Zwangsjacke!
Ein Xanax-Mosaik!
Eine Aufführung von *The Sound of Music*
mit Juliana als Maria
und ihren restlichen
multiplen Persönlichkeiten
als denen der Trapps!

SCHLUSS DAMIT, ADDIE

Es steht dir nicht zu, sie zu verurteilen.

Als der Heilige Geist zu ihr kam,

muss Maria

etwas

gefühlt haben.

Wärme oder Kälte,
ein Kitzeln an einem seltsamen Ort,
ein Ziehen, das plötzlich
Sinn oder keinen Sinn ergab, denn
wie konnte sie diejenige sein, die Gott
als seinen Zauberhut ausgewählt hatte?
Abrakadabra, da war

etwas

in ihr, und sie musste
Joseph, ihren Eltern und ihren Nachbarn,
die schon die Steine in der Hand hielten,
erklären, dass sie

nichts

getan hatte, außer dazuliegen
und es geschehen zu lassen.

ZU HAUSE

Ich lasse meine Sporttasche
voller ungenutzter Sportsachen
fallen und sehe Mom, die
neben dem offenen Kühlschrank steht.

»Ich bin eine Salatmörderin«,
gesteht sie und zeigt mir
die faulige Leiche des Opfers.

»Der ist durch Vernachlässigung gestorben.
Du bist eher eine
Salatquälerin.«

»Danke. Sind Tiefkühl-
erbsen okay?«

»Sicher. Ich pack sie in die Mikrowelle.«

»Diese Hähnchenbrust.«
Sie riecht an der Verpackung. »Wie lange
ist die schon hier drin?«

Sie kommt mit
Shakespeares gesammelten Werken
klar, aber bei Mindesthaltbarkeitsdaten wird sie
zur Analphabetin.

»Bitte, junge Frau, lassen Sie das Geflügel fallen
und gehen Sie mit erhobenen Händen langsam rückwärts.«

»Okay, ich hab eine Idee: Du kochst.
Ich breche auf dem Sofa zusammen.«

»Harter Tag in der Psychiatrie, ich meine,
Bibliothek?«

»Nicht zu schlimm. Niemand hat Buntstifte
in der Jungstoilette versenkt oder wollte
Nacktfotos von Halle Berry ausdrucken.
Das nenne ich Fortschritt.«

Die fragwürdige Hähnchenbrust
brutzelt in der Pfanne. Ich schütte die Erbsen
in ein Sieb, wasche den verräterischen
Gefrierbrand ab.

APROPOS PSYCHIATRIE

»Erinnerst du dich an Juliana?
Ich habe sie heute getroffen.«

»Oh!« Moms Augen leuchten.
»Wie geht es ihr?«

»Ziemlich gut. Sie war im Laufteam
an der Uni, hat aber aufgehört.«

»Was hat euer Trainer dazu gesagt?«

»Wie sollte er davon wissen?«

»Du hast doch gesagt, sie hat
beim Training vorbeigeschaut.«

Weil ich da diesen Nachmittag war.

»Sie hat's ihm nicht gesagt.«

»Gut für sie. Was spricht schon gegen eine Pause.«

Jetzt sollte ich es ansprechen, oder?
Super, dass du das so siehst, denn ...

»Wann ist dein nächster Wettkampf?«

»Ähm, Freitag? In Bloomington?«

»Perfekt. Ich habe Freitag frei.«

»Du musst nicht kommen.«

»Rede doch keinen Unsinn. Natürlich komme ich.«

Scheiße!
Die Erbsen explodieren.
Ich drücke auf »Stopp«, öffne
die Mikrowelle.

Guten Appetit.
Es gibt einen superleckeren Teller
voll verschrumpelter Alienköpfe.

DAD REPARIERT DAS ESSEN

»Butter, Knoblauch, und
voilà!
Das ist nicht verbrannt,
das ist Cajun-Hähnchen.«

TISCHGESPRÄCH

Mom: »Ist euch aufgefallen, dass ständig Sachen umfallen?
Das Regal im Bad. Und Sachen auf dem Klavier.
Addie, ich stelle das Foto von dir ungefähr fünfmal am Tag
wieder hin.«

Ich: »Ich glaube, das sind Erdbeben.«

Dad: »Oder eine Herde verirrter Elefanten.
Oder warte, wann sind die Stierläufe in Spanien?
Vielleicht sind sie dieses Jahr in Minnesota unterwegs.«

Mom: »Haha, sehr lustig. Allerdings habe ich
letztens gelesen, dass Erdbeben so schwach sein können,
dass man sie nicht einmal spürt.«

Ich: »Und nur Hunde können sie hören.«

Dad: »Und nur Würmer können sie riechen.«

Mom: »Na, das wäre wirklich ein Wunder der Natur,
denn Würmer haben gar keine Nasenlöcher.«

Ich: [Lacht. Beißt in ein Brötchen.]

ICH FÜHLE MICH EHER WIE EIN

Tornado.
Tornado Addie,
die unnatürliche Katastrophe,
tobt durch das
Wohnzimmer.
Wo schlägt sie zu?
So vorhersehbar.

SIEBEN NEUE NACHRICHTEN

Ich arbeite bis acht. Willst du vorbeikommen?

Du kannst ein Schlagzeug zusammenbauen.

Oder dir Songbooks als INSPIRATION anschauen.

Alles okay?

Addie?

Hallooooooooooooooooooooooooo??????????????

Ich ruf dich an.

Die Dreifaltigkeit erklärt

Es soll ein großes Mysterium sein,
dass Gott drei Sachen gleichzeitig ist.
Aber bestehen wir nicht alle aus mehreren Dingen?

Ich bin die Tochter,
die nicht aufhören kann, falsche Entscheidungen zu treffen;
die Freundin,
die nicht ans Telefon geht;
der Geist,
der alles andere als
heilig ist,
egal wie sehr er sich bemüht.

ICH WARTE BIS VIERTEL NACH NEUN, BEVOR ICH NICK ZURÜCKRUFE,

und sage: »Sorry, mein Akku war leer.«

Er knabbert Wasabi-Erdnüsse und beschwert sich,
dass seine letzten Gitarrenstunden abgesagt wurden.
Er musste Geigen-Inventur machen. »Ganz alleine. Seufz.«

Ich sag ihm, ich wäre ohnehin keine große Hilfe gewesen.
»Ich bin total kaputt. Unser Trainer hat uns fertiggemacht.«

»Der Typ ist ein Idiot. Er sollte es mal
etwas ruhiger angehen lassen.«

»Nee, sollte er nicht, das war schon in Ordnung.«

»Ich denke nur ...« Aber Nick
muss schnell etwas trinken,
sein Mund steht in Flammen!

Mögliches Ethik-Projekt

<u>Die Vor- und Nachteile davon, meinen Freund anzulügen</u>

Vorteile:

Die Wahrheit wäre zu kompliziert.

Die Wahrheit hieße Konfrontation.

Die Wahrheit bräuchte einiges an Kraft.

Die Wahrheit würde ihn dazu bringen,

mich aus besorgten Walrossaugen anzusehen.

Die Wahrheit ist mehr, als ich gerade vertragen kann.

Die Wahrheit kann warten.

Nachteile:

Ich werde ihm irgendwann die Wahrheit sagen müssen.

PROTEST

Mitten in der Nacht,
egal wie ich mich drehe und wende,
zucken meine Beine wie heruntergebogener Draht.

Ich versuche es mit tiefen Atemzügen. Zähle
rückwärts: 100, 99, 98, 97 ...
Bei 65 hören sie auf
und fangen dann wieder an,

noch verzweifelter als zuvor,
flehen das verworrene Laken an,
sie gehen zu lassen,
sie müssen hier raus,
schnell!

DIENSTAG: VERRÜCKTE-HAARE-TAG

Kein Irokesenschnitt oder eine regenbogenfarbene Afroperücke kann Schwester Carols Maulwurffrisur toppen.

Im Französischunterricht streiche ich über Claires Haare,
ihre dicken, runden, Prinzessin-Leia-Zöpfe,
und sage: »Wieso habe ich plötzlich einen Mordshunger
auf Zimtschnecken?«

»Lass meine großartigen Zöpfe in Ruhe, Solokowski.
Immerhin gebe *ich* mir Mühe.«

»Ich geb mir auch Mühe, schau mal.« Ich zeige ihr meine unrasierten Beine: »Ich bin Chewbacca!«

»Ruhe, Mesdemoiselles«, sagt Monsieur Shapiro,
während er uns unseren letzten Test über
Le symbolisme dans Le Petit Prince zurückgibt.

Claire flüstert: »Miras Schienbein bringt sie um.
Es ist wahrscheinlich ein Ermüdungsbruch. Sie fällt
auf jeden Fall für die nächsten zwei Wettkämpfe aus.
Vielleicht für die ganze Saison.«

»Oh Mann, das ist scheiße.«
»Das ist alles, was dir dazu einfällt?«

»Soll ich ihr einen Werd-wieder-gesund-Obstkorb schicken?«

Die Prinzessin schüttelt den Kopf. »Unser Team bricht auseinander, Addie, und es kümmert dich überhaupt nicht.«

»Es kümmert mich wohl. Ich häng noch ein paar Luftballons an den Korb.«

TEST

Schreibe einen Absatz, der zehn oder mehr Vokabeln und Sätze aus der Wortliste für Kapitel 1–6 von Le Petit Prince *enthält.*

Un jeune fille a couru a travers la forêt vierge. Elle pensait qu'elle courait vers la maison, mais elle se trompait. Elle courait jusqu'à ce qu'elle soit morte de fatigue. Elle s'assît sur une racine. Il y avait des baies dans l'arbre, mais elle mourait de faim. Il y a un ruisseau, mais elle mourait de soif. Elle éclata de rire. Un papillon géant l'a emporté.

(Ein junges Mädchen rannte durch den unberührten Wald. Sie dachte, sie würde nach Hause laufen, aber sie irrte sich. Sie rannte, bis sie todmüde war. Sie setzte sich auf eine Wurzel. Es wuchsen Beeren am Baum, aber sie verhungerte. Es gab einen Flusslauf, aber sie verdurstete. Sie fing an zu lachen. Ein riesiger Schmetterling trug sie davon.)

Kreativ! Aber du hast nur neun Vokabeln aus der Wortliste benutzt. 2–

EINZELHAFT

Unser Ethik-Lehrbuch behandelt
Abtreibung und Todesstrafe
in ein und demselben Kapitel.

»Na so was«, schnaubt Allison. »Sie haben
alle Mörder zusammengepackt.«

Schwester Barbara fragt: »Sieht irgendjemand
einen anderen Zusammenhang?«

Allison springt auf.
Wenn das zuvor eine Diskussion war,
wird es jetzt zu einem Vortrag: »Also, ich habe
viele wirklich traurige Geschichten auf der
Website von Hope's Journey gelesen.
Diese Frauen, sie haben abgetrieben
und leiden nun unter Albträumen.
Sie können nicht essen, sie können ein Baby
oder eine schwangere Frau nicht einmal
anschauen, ohne sterben zu wollen.
Das ist also so ähnlich wie der
Todestrakt, nicht wahr?«

»Schuld kann ein Gefängnis sein«, stimmt Schwester
Barbara zu.
»Egal, was du Gott angetan hast, Gott

vergibt dir immer. Aber es kann schwierig sein,
dir selbst zu vergeben.«

Über ihrem Kopf
starrt mich die Uhr wie ein Wachmann an,
sorgt dafür, dass ich eingesperrt bleibe
in dieser stickigen Zelle, in der jede Minute
mir vorkommt wie lebenslänglich.

ERINNERUNG

Als ich auf dem Weg zur Abtreibungsklinik
an einer Gruppe von Demonstranten vorbeilief,
sah ich ein Mädchen,
das ich für Allison hielt –
groß, blonder Pferdeschwanz, Hakennase.

Auf dem Rückweg
hob ich den Kopf,
um genauer hinzusehen,
und merkte,
dass ich mich getäuscht hatte.
Außerdem: Nicht einmal
Allison würde *Mord*
mit einem *t* am Ende schreiben.

Durchsage im Café

Maria spricht:

Also ungefähr vor neun Monaten kam ich hier rein und bestellte eine fettarmen Karamell-Latte. Und ihr wisst ja, dass Baristas manchmal eine coole Form in den Milchschaum macht, ein Herz oder eine Blume oder so? Na ja, als ich meinen Kaffee entgegennahm – ichschwörebeiGott –, war da ein Engel auf meinem Schaum. Die Umrisse von Flügeln, ein Gesicht und Haare. Und ein Stab oder so was. Also geh ich zur Barista und frage: »Wow, das ist megacool, wie hast du das gemacht?« Und sie nur so: »Was meinst du?« Ich so: »Na, den Engel!«, und zeigte ihr meinen Becher. Sie starrte ein paar Sekunden darauf und sagte: »Ups, sorry, sollte eigentlich ein Baum werden.« Das ist der Beweis, weil es zeigt, dass sie es gar nicht <u>wollte</u>. Der Engel erschien einfach. Ich hab ein Foto mit meinem Smartphone gemacht, aber es ist ziemlich verschwommen, was ein noch klarerer Beweis ist, weil man Engel nicht fotografieren oder filmen kann. Weiß man ja. Oder waren das Vampire? Egal, ich weiß, ich hätte den Kaffee aufheben sollen, wahrscheinlich hätte ich einen Haufen Geld machen können, wenn ich ihn verkauft hätte – vielleicht als eine Art Wundermittel. Aber ich hab ihn getrunken, weil ich das verdammte Koffein brauchte.

NIMM'S MIR NICHT ÜBEL

Der ungepflegte Barista schaut auf meine Schuluniform.
Seine Schwester ging auf die Immaculate Heart.
Ob ich sie kenne? Megan Snoratoscafitz
oder so was. Ich schüttle den Kopf.

»Nimm's mir nicht übel, aber
sie meinte, die Schule sei scheiße.«

Kein Problem, Alter. Ich steck das Trinkgeld einfach
zurück ins Portemonnaie. Nimm's mir nicht übel.

Er sagt, sie ist dann zur Arbor Hills School gewechselt.

Ja, das soll eine super Schule sein, um
billig an Kokain zu kommen.

JAVA JOE'S IST BRECHEND VOLL.

Um einen Tisch zu bekommen,
nerven wir eine Frau,
die anscheinend ihrem leeren
Kaffeebecher etwas vorliest,
so lange, bis sie endlich zahlt.

»Du hast so ein Glück«, sage ich zu Juliana,
während wir uns hinsetzen, »dass du keine
Uniform mehr tragen musst.«

Heute trägt sie dunkelgrüne Jeans
und ein rotes Zombie-Kids-T-Shirt.
Dazu ihre Haare und es sieht aus
wie Weihnachten im Mosh Pit.

Sie zuckt mit den Schultern.
»Ich vermiss es fast ein bisschen.«

»Du vermisst es, herumzulaufen wie
eine katholisch-amerikanische Puppe?«

»Ich vermisse es, nicht denken zu müssen.«

»Seit wann ist Denken etwas Schlechtes?«

Uns gegenüber futtern Zwillinge in identischen Stramplern
Blaubeermuffins, während ihre Mutter
sich mit ihrem Laptop befasst.

Ich bin richtig in Fahrt. »Ich meine, die Uniformen
sollen doch dafür sorgen, dass wir alle gleich sind, oder?«
Als wüssten wir nicht, dass Allison Finley
letzten Sommer in Florenz war
und Heidi Demmings Vater der Hausmeister ist.

»Hey, Mr. Demming ist cool!«

»Stimmt, aber er verdient bestimmt nicht gerade
ein Vermögen damit, Tamponspender nachzufüllen.«

»Übertreib's nicht mit dem Gestikulieren,
wenn du über soziale Ungerechtigkeit schimpfst.«
Sie nimmt mir den Becher aus der Hand. »Ich hab Angst,
dass du dich verbrennst.«

WAS WEISST DU SCHON?

Ja, verdammt,
ich schimpfe wirklich über soziale Ungerechtigkeit.
Und es fühlt sich ziemlich gut an.
Vielleicht ist es das Koffein
oder die Tatsache, dass
Julianas Augen soooooo
unglaublich
hypnotisierend
blau
sind wie die verdammte Karibik.
Jedenfalls kann ich nicht
aufhören zu reden.
Als sie mich plötzlich fragt,
wieso ich nicht mehr im Team bin,
lege ich sofort los
und erzähle ihr
fast –
fast! –
alles.

DIE ESPRESSOMASCHINE KLINGT WIE EIN WÜTENDER DRACHE

Juliana
prustet los?

»Du lachst über mich?«

»Ich lache über *uns.* Darüber, wie
angepisst Mr. Gray wäre, wenn er
uns hier sehen würde. Seine früheren Stars.
Es war mir damals so wichtig, was
er von mir hielt.«

»Glaub mir, sehr viel.«

»Ja, und wenn schon. Wer ist er eigentlich?
Ein alter Sack mit einer Stoppuhr und
einem fürchterlichen Schnurrbart.«

»Er hat ihn abrasiert.«

»Er hat die Sexraupe abrasiert?«, fragt
sie in einer Lautstärke, dass die Mutter der Zwillinge uns
böse anschaut. »Hm, jetzt bin ich ein bisschen traurig.
Vielleicht brauche ich Schokokuchen, um darüber
hinwegzukommen. Willst du auch ein Stück?«

Ich sage Ja, aber als ich sie
in der Schlange stehen sehe,
merke ich, dass ich eigentlich nichts bräuchte,
weil ich – wie heißt das noch mal? – ach ja,
glücklich bin.

EINMAL NACH DEM TRAINING

brachte Juliana mich nach Hause
und kam noch kurz mit rein.
James fing beinahe an zu sabbern
und setzte sich direkt neben sie aufs Sofa.
Ich quetschte mich daneben
und wir schauten eine Folge *Simpsons.*
Plötzlich kitzelte irgendetwas in meinem Nacken.
Ich kreischte und sprang auf.
Sie wackelte mit den Händen und sagte:

»Die Sexraupe wird dich beißen!«

Sie jagte mich durch den Raum
und wir lachten so sehr,
dass wir uns fast in die Hose machten.
Keiner von uns merkte, dass James
aufstand und in sein Zimmer ging.

SCHEISS AUF CROSSLAUF

»Ist ja nicht so, als ob wir in Panem wären
und die anderen Tribute uns mit Armbrüsten jagten.
Sie sollten lieber Medaillen für die meisten gesammelten
Wildblumen oder die schönsten Blätter verleihen.«

Juliana nimmt einen Schokokeks in der
Farbe ihres Nagellacks und steckt
ihn in den Mund.

»Das gibt es doch schon«, sage ich. »Die Pfadfinder.«

»Du musst dich von der Geschichte lösen.«

»Was für eine Geschichte?«

»Spencer, mein Psychiater, sagt das immer.
Es bedeutet, dass du nicht automatisch davon ausgehen
solltest, dass du Scheiße gebaut hast.
Vielleicht ist Mr. Gray verantwortlich oder deine Eltern
oder ...«,
sie breitet ihre Arme aus, »der ganze verfickte
Highschool-Sportverband, weil er
deine Prioritäten durcheinandergebracht hat?
Du bist kein Roboter, Addie. Du musst nicht laufen,
sobald sie dich einschalten.«

DIE GESCHICHTE

»Aber ich liebe Crosslauf. Zumindest
war das früher so.«

Gegenüber am Fenster
schreit ein Mann in einer
mir unbekannten Sprache
in sein Smartphone.

»Jupp«, sagt sie. »Geht mir genauso.«

Lauf-Leitfaden

Manchen Schmerz
kann man einfach weglaufen.
Manchen Schmerz
nicht.
Du versuchst, es zu ignorieren,
aber es wird nur schlimmer.

Man weiß nie,
welcher es ist.
Also ist es besser,
aufzuhören,
um keine
ernsthafte Verletzung
zu riskieren.

KEINE AUSREDEN

Nick hat geschrieben, dass ich heute unbedingt
im Laden vorbeikommen soll. Er hat
eine Überraschung für mich.

*Überraschung, ich bin adoptiert und du bist eigentlich
meine Schwester!*

Überraschung, meine Zähne sind ausgefallen!

Überraschung, na ja, alle bis auf die Schneidezähne!

Überraschung, ich drehe einen Film mit Käpt'n Jack Sparrow!

Überraschung, ich meinte Käpt'n Iglo!

Überraschung, ich gehe ins Kloster!

Überraschung, ich bin schwanger!

Na, wenigstens das kann ich
ausschließen.

FEIERABEND

Nick nimmt eine Gitarre
aus dem Schaufenster
und führt mich in den Übungsraum,
der so mit staubigen Notenbüchern
vollgestopft ist, dass kaum noch
zwei Stühle hineinpassen.
Bringt er mir jetzt ein paar Akkorde bei?
Hör einfach zu.
Er stimmt eine halbe Ewigkeit lang seine Gitarre.
Okay, jetzt ist er so weit.

Er spielt erst ein bisschen zögerlich,
wie ein scheues Tier, das ich nicht verscheuchen will.
Deshalb sitze ich ganz still da, während er
selbstbewusster, sicherer wird. Die Melodie
könnte von Bright Eyes oder Bon Iver sein.

Aber ich kenne natürlich den Songwriter. Er sitzt
vor mir.

WIE ROMANTISCH

Es stellt sich heraus: Er hat den Song
für mich geschrieben.

»Wir müssen noch viel proben
bis zum Auftritt an Halloween.
Wie wär es also, wenn du mir
den Text nächste Woche gibst?
Meinst du, bis dahin schaffst du das?
Was ist los? Warum schaust
du mich so an?«

TRENNUNGSSONG

Männlicher Gesang: Ich kann nicht glauben, dass du sauer bist.

Weiblicher Gesang: Ich kann nicht glauben, dass dir das nicht vorher klar war!

Männlicher Gesang: Das ist doch bescheuert. Ich wollte dir nur helfen!

Weiblicher Gesang: Nein, du wolltest dir selbst helfen. Das ist ein Unterschied.

[Gitarrensolo]

Männlicher Gesang: Ich erwarte ja nicht, dass du eine Rockoper schreibst. Nur einen dummen Song.

Weiblicher Gesang: Wenn du etwas Dummes suchst, frag doch einfach Milo.

Männlicher Gesang: Ja, klar.

Weiblicher Gesang: Ich hab dir doch gesagt: keine Zeit.

Männlicher Gesang: Logisch. Das ganze Training. Sieht man richtig.

Weiblicher Gesang: Das hast du gerade nicht gesagt.

[Schlagzeugsolo]

Männlicher Gesang: Hör mal, du könntest
innerhalb von zehn Minuten einen guten
Text schreiben. Aber aus irgendeinem Grund
willst du es gar nicht.

Weiblicher Gesang: Ich bin nicht dein Roboter.

Männlicher Gesang: Stimmt, aber du musst zugeben,
dass ich ganz gut darin bin, bei dir die
richtigen Knöpfe zu drücken.

Weiblicher Gesang: Versuch nicht, das Ganze ins
Lächerliche zu ziehen.

Männlicher Gesang: Wie dreist von mir, zu denken, dass du
auch nur ein verdammtes Mal etwas für mich tun würdest.

Weiblicher Gesang: Lös dich von der Geschichte, Nick.

Männlicher Gesang: Was redest du da für einen Scheiß?

Weiblicher Gesang: Keine Ahnung. Ich ... Ich kann nicht ...
Ich glaube,
es ist vorbei.

DIE HEIMFAHRT: EIN VERSTREUTER REFRAIN

Scheiß auf ihn.
Was glaubt er eigentlich, wer er ist?
Dieses Arschloch.
Was ist eigentlich mein Problem?
Ich bin so scheiße.
Es tut mir leid.
Es tut mir leid?
Was ist eigentlich mein Problem?
Scheiß auf ihn.
Was glaubt er eigentlich, wer er ist?
Dieses Arschloch.
Es tut mir leid.
Nicht mein Problem.

Stürmische Nacht

Unter der Straßenlaterne
fliegen gelbe Blätter
wie verirrte Bienen umher.
Fühlen sich die Bäume
ohne sie leichter?

MITTWOCH: PROMI-TAG

Kara Howser trägt ein »boy crazy«-Shirt
und erklärt Schwester Carol, sie sei Miley Cyrus.
Dabei sieht sie eher aus
wie ein Pastor.

»Na, checkst du's?«, fragt Claire. Auf ihrem Shirt
ist ein Kompass abgebildet, dessen roter Pfeil
nach Westen zeigt. »Ich bin One Direction.
Und wow, sogar du machst heute mit!«

Es ist ja nicht so, als ob ich mein Kostüm geplant hätte.
Ich bin heute Morgen einfach nur aus der Dusche
gestiegen und habe mich in
das Offensichtliche verwandelt.

Maria spielen II

Auf der Badezimmermatte
breitet sich Feuchtigkeit aus
wie ein Strauß Rosen.
Ich drapiere das blaue Handtuch
auf meinem Kopf,
wische den Wasserdampf vom Spiegel und
sie erscheint.

ALLISON GIBT MIR EINEN TIPP

»Ich möchte am liebsten mit mir selbst rumknutschen.«

Hm, olivgrüne Jacke, passende Cargohosen.
»Bist du G. I. Joe?«

»Du Freak! Ich bin Liam Hemsworth!« Sie
zieht eine beleidigte Schnute und schaut mich an:
»Seltsam, dass sie dich das tragen lassen. Das ist
Gotteslästerung.«

Sagt Allison, die als ihre eigene
Masturbationsfantasie verkleidet ist.

»Nö, ist es nicht. Es ist einhundert Prozent Baumwolle.«

»Mal im Ernst, Addie. Als ich in der vierten Klasse war, wurde an Halloween ein Junge nach Hause geschickt, weil er sich als Jesus verkleidet hatte. Mark Price. Er hat mich die ganze Zeit mit seinem Kreuz gehauen. Was für ein Idiot.«

»Klingt, als ob mein Sohn in dich verknallt gewesen wäre.«

»Dein Sohn? Ach so.« Liam kichert und
trägt neuen Lipgloss auf. »Er sah zumindest ganz süß aus
in seinem Lendenschurz.«

Promi-Mama

Überall sieht sie ihn
hängen.
Über Altären, an der Wand
in Cafés und Friseursalons,
an Ketten um den Hals
von pickeligen Verkäufern,
die ihr Brot zusammen
mit Melonen einpacken
und ihr einen schönen Tag wünschen.

Sie wird die Nacht niemals vergessen,
als er mit seinen Freunden loszog
und sie ihn daran erinnerte,
zum Friseur zu gehen,
und seinen Pony zur Seite schob,
der seine wunderschönen
Augen verdeckte.

ALLES, WAS SCHWESTER BARBARA SAGT,

als sie mich sieht, ist:
»Ich nehme nicht an, dass du gerade
vom Schwimmunterricht* kommst, oder?«

* Immaculate Heart
hat ein Schwimmbad?
Klar! Wir sind ja nicht Lakeside.

SIE GIBT UNS DIE GANZE STUNDE ZEIT

für unser Projekt, also beginne ich mit
Kathartisch oder belanglos?,
meinem persönlichen Versuch,
jedes »Nick« in meinem Heft
in ein ~~»Nick«~~ zu verwandeln.

Allison legt ihren Kopf auf den Tisch,
hebt ihn wieder. Schaut mich an.
Seufzt.
Ich frage nicht, was los ist.
Sie wird es mir sagen, in 4, 3, 2 …

»Das ist so unfassbar traurig, Addie.
Du wirst es nicht glauben.«

»Was?«

»Diese Briefe. Hör zu.«

Sinnlos, zu fragen, ob ich eine Wahl habe.

Sie fängt an: »Lieber Matthew,
ich denke jeden Tag an dich.
Ich …«

»Warte. Stopp. Wer ist Matthew?«

»Ihr Baby. In Hope's Journey
schreiben Frauen Briefe an ihre
abgetriebenen Babys. Das hilft
beim Heilungsprozess.«

»Klingt ein bisschen morbide.«

»Nein, es ist Teil der Trauerarbeit,
dem Baby einen Namen zu geben
und es um Vergebung zu bitten.
Allerdings kann sie ja nicht wirklich
wissen, ob es ein Junge war.
Ich würde dem Kind einen Unisex-Namen geben,
wie Kim. Oder Robin.«

»Wie wäre es mit Beelzebub?«

»Das ist nicht lustig, Addie.«

»Kurzform Bub.«

»Nimmst du eigentlich gar nichts ernst?«

»Nicht, wenn ich es vermeiden kann.«

Liebe(r) ?????????????????????????????

Hm.
Guter Einstieg.

DIE RÜCKKEHR DES PAUSENHAIS

Ich stehe vor meinem Spind,
als jemand von hinten
mein Handtuch herunterzieht.
»Hey!«

Seit wann steht das »W«
auf Claires Kompass für
»wütend«?

»Nick hat mir geschrieben«, sagt sie.
»Er hat gefragt, ob mir irgendetwas
an dir aufgefallen ist. Und ich nur so:
›Wo soll ich anfangen?‹«

Egal, was er ihr gesagt hat,
egal, was sie weiß.
Es ist okay. Bleib einfach ruhig.

»Tut mir leid, dass er verletzt ist, aber
es ist besser so. Glaub mir.«

Sie verdreht das Handtuch in ein Seil.
Ich gehe ein paar Schritte zurück, nur
für den Fall, dass sie mich erdrosseln will.
»Addie, du hast ihn angelogen! Er fühlt sich
total scheiße, weil du ihm nicht genug

vertraut hast, um ihm zu erzählen, dass du
nicht mehr im Team bist.«

»Weißt du, warum ich gelogen habe?
Ich wollte nicht, dass er mich so ansieht
wie du jetzt. Als wäre ich eine
riesige Enttäuschung.«

Und der Oscar für's Ruhigbleiben geht an ...

»Du bist Nick wichtig. Und mir auch.
Wir dachten, wir wüssten, was dir wichtig ist,
aber anscheinend haben wir
nicht die geringste Ahnung.«

Sie lässt das Handtuch fallen.
Lässt mich stehen.

WAS WÜRDE MARIA TUN?

Sie würde zum nächsten Kurs gehen.

Sie würde Emily ihre Notizen leihen.

Sie würde Logarithmen aufschreiben.

Sie würde alle Aufgaben lösen – inklusive der Bonusaufgabe.

Sie würde mit den Hausaufgaben für morgen anfangen.

Sie würde versuchen, nicht darüber nachzudenken.

Versuchen, nicht darüber nachzudenken.

Versuchen, nicht zu denken.

Auf eine Gebärmutter reduziert

Vielleicht ging Maria gern
laufen, angeln oder spielte gern
Poker.

Vielleicht hasste sie Feigen
und warf einmal eine
nach dem Sohn des Rabbis.

Vielleicht hob sie ihren Rock
im Bach hoch und ließ kleine Fische
ihre neugierigen Knie küssen.

Vielleicht hatte sie ein Lieblingslied,
ein Grübchen am Kinn, einen geheimen Traum,
an den sie sich nach einer Weile nicht mehr
erinnerte.

SUPER-JUNGFRAU

Es ist ein Vogel! Es ist ein Flugzeug!
Es ist Juliana, die mit meinem Handtuch
als Umhang aus dem Bad geflattert kommt.

»Guck mal, ich springe mit einem Satz
über einen Riesenpenis!«

»Sprung über einen Riesenpenis. Mein neuer
Bandname.«

»Sehr gut.« Sie stellt sich hinter
meinen Stuhl und beginnt,
meine Schultern zu massieren. »Zeig Nick Missgeschick,
wer der echte Rockstar ist.«

»Ich weiß nicht, Juliana. Vielleicht habe ich
überreagiert.«

»Na und wenn schon.
Nick klingt wie ein ziemlich netter Kerl.
Papst Franziskus ist auch ein netter Kerl,
aber das heißt nicht, dass du
mit ihm ausgehen musst.«

»Stimmt.« Ich lasse mich zurücksinken
in ihre heilenden Hände.

»Und ich bin gar keine Jungfrau,
ich tu nur so.«

EIN NERVIGER KLEINER JUNGE

lässt immer wieder sein Spielzeugauto unter
unseren Tisch rollen.
»Hör auf damit, Jeremy«, sagt seine Babysitterin.
»Hör sofort auf!« Aber Jeremy hört nicht auf.
Schließlich nimmt sie ihm das Auto weg und
packt es in ihre Handtasche.
Jeremy schreit, als wäre er abgestochen worden.
Tritt um sich, stößt seinen Saft um. Die Babysitterin
sieht aus, als ob sie Jeremy am liebsten auch in ihre
Handtasche stecken und dann selbst
hineinkriechen würde.

Super-Jungfrau fliegt herüber,
benutzt ihren Umhang, um den Saft aufzuwischen,
und kommt mit einem durchnässten Bündel zurück,
sagt, sie wird es mit nach Hause nehmen, es waschen
und mir morgen zurückgeben.
Ich will ihr gerade sagen, dass es schon okay ist,
dass sie das nicht machen muss.
Dann stelle ich mir vor, wie mein Handtuch
mit ihrer dreckigen Wäsche
zusammenkommt – T-Shirts, Jeans, Socken,
Unterwäsche –,
und ich sage: »Alles klar. Wann auch immer. Keine Eile.«

APROPOS MORGEN …

»Wie wär's, wenn wir uns mal woanders treffen?«,
schlägt Juliana vor.

»Hast du nicht einen …«
Termin mit deinem Psychiater? »Ich meine,
wo sollen wir uns denn treffen?«

»Ich dachte da an den See.«

Oh Gott, nein! »Netter Versuch.
Aber das tu ich mir nicht
noch mal an.«

»Wie meinst du das? Wir sind da einmal
zusammen gelaufen. Das war super.«

»Super? Ha! Du bist die Hälfte der Strecke
rückwärts gelaufen, du Riesenangeberin.«

Sie lacht. »Ich wollte nur nett sein!
Ich hab dich aufholen lassen.«

»Wie auch immer. Jetzt wäre ich diejenige,
die rückwärts läuft, weil du inzwischen
altersschwach geworden bist und ich eine
jugendliche Gazelle bin, die aber viel zu nett ist,

um *dich* das durchmachen zu lassen.«

»Niemand sagt, dass wir laufen müssen.
Wir können spazieren gehen. Rollerbladen.
Herumhüpfen und ›Jingle Bells‹ singen. Was
auch immer du willst.«

Was auch immer ich will? Hmmmmmm …

»Okay, gut. Dann morgen am See.«

DOPPELTES OH-OH

Um 15:14, während ich eigentlich
beim Training sein sollte, schreibt mir Mom,
ich solle *sofort nach Hause kommen.*

Ich antworte: *Bin unterwegs*

bevor mir einfällt, dass ich
eigentlich gerade trainieren
würde.

PFEFFERMINZTEE

Mom rührt und rührt,
lange nachdem der Zucker
sich aufgelöst hat.
Kann sie es nicht verstehen?
»Ich wollte euch nicht enttäuschen.«
Wieder. Wie immer.

»Mich enttäuscht, dass du
uns wegen so etwas Trivialem
anlügst.«

»Ach, der Sport, in den ich mein ganzes
verdammtes Leben investiert habe,
ist trivial?«

Das ist alles Nicks Schuld.
Nick Missgeschick. Er ist zu ihr
in *ihre Bibliothek* gegangen,
um ihr mitzuteilen, er mache sich »Sorgen«.

»Schatz, ich mein ja nur, im Vergleich
zu dem, was wir vor ein paar Monaten
durchgemacht haben, wirkt das harmlos.«

Sie nimmt einen Schluck Tee, der inzwischen
eiskalt sein muss.

DAD KANN ALLES REPARIEREN, TEIL II

Und wenn er es nicht kann, kennt sein Arbeitskollege Ron
einen hervorragenden Sportmediziner.

»Vielleicht solltest du dich mal durchchecken lassen.«

»Ihr geht es gut, Steve«, sagt Mom.
»Körperlich.«

»Was ist mit diesen Schmerzen in der Seite?
Die hatte sie vorher nie.«

Er sagt nicht »vor« was.
Kann es nicht aussprechen.

»Ich hatte gar keine Schmerzen.
Es ist nur ... ich konnte nicht ... Es
tut mir leid, okay?«

»Wir sind nicht sauer«, beruhigt er
mich schnell. »Wir wollen einfach nur, dass du ...«
Was soll ich sein?

Brav? Normal?
Kein riesiges Ärgernis?

»... glücklich bist.«

ORKAN ADDIE

Auf meinem Weg nach oben
werfe ich das Bild
so schwungvoll um, dass es
hinter das Klavier fällt.
Es könnte mir nicht egaler sein.

Marias Eltern

Klar, sie haben ihr Bestes getan,
sie nicht anders zu behandeln.

Welche Wahl hatten sie?

Im Endeffekt war sie immer noch ihre Tochter
und sie hatten Gott versprochen,
sie zu lieben, egal was für einen
verrückten Scheiß ihr Körper tun konnte.

NICK SCHREIBT

HASST DU MICH?
Ich würde mich zumindest nicht als deinen größten Fan bezeichnen
DU HAST MIR KEINE WAHL GELASSEN
Hör auf zu schreien
????
Meine Ohren tun weh
So wie du dich verhalten hast, musste ich irgendetwas tun
Ich hab überhaupt nichts gemacht
Genau das meine ich ja. Du machst nichts. Außer vielleicht weglaufen
Lass mich in Ruhe
Werde ich. Sobald ich weiß, dass es dir gut geht
Weißt du, was mir helfen würde?
Was?
WENN ENDLICH ALLE AUFHÖREN WÜRDEN, MICH ZU FRAGEN, OB ES MIR GUT GEHT
Vergiss es. Vergiss, dass ich es überhaupt versucht hab

Mögliches Ethik-Projekt #2

Jesus: Erlöser oder Wichtigtuer?
von Adrienne Solokowski

Jesus lief durch die Gegend und wirkte Wunder. Er gab den Hungrigen zu essen. Heilte die Kranken. Ließ die Toten wieder auferstehen. Aber haben diese Leute ihn überhaupt um seine Hilfe gebeten?

Zum Beispiel sein erstes Wunder. Er und Maria waren bei einer Hochzeit und er verwandelte Wasser in Wein. Sehr aufmerksam, oder?
Aber vielleicht war das Brautpaar eigentlich ganz froh, endlich keinen Alkohol mehr zu haben, weil ihre Gäste schon ziemlich besoffen waren.
Und dann dachten sie nur: Uh, vielen Dank, Jesus. Jetzt kann die Party endlich noch mehr außer Kontrolle geraten.

Und okay, laut der Bibel wollten die Leprakranken tatsächlich geheilt werden.
Aber was, wenn sie im Nachhinein merkten, wie entspannt es eigentlich war, ausgestoßen zu sein? Niemand lief ihnen hinterher und sagte ihnen, was für ein unglaubliches Glück sie doch gehabt hätten, bla bla bla.

Und dann Lazarus. Als er krank war, schickten seine Schwestern Maria und Martha eine Nachricht an Jesus und baten ihn um Hilfe. Aber Jesus wartete zwei ganze Tage. Er ließ sich nicht blicken, bevor er wusste, dass Lazarus bereits tot war, und dann bringt er es auch noch fertig, sauer auf Maria und Martha zu sein.

Nur weil sie ihn fragen: Warum bist du nicht früher gekommen? Er lässt Lazarus wieder auferstehen – im vollen Wissen, dass Lazarus im Himmel war. Im Himmel! Sorry, das war's mit der ewigen Glückseligkeit, Lazi. Du musst zurück in deine Hütte in der Wüste, damit Jesus ordentlich angeben kann!

Als Jesus sein Kreuz den Hügel hinauftrug zu dem Ort, an dem er gekreuzigt werden sollte, trat eine Frau namens Veronika aus der Menge der johlenden Zuschauer und wischte ihm Schweiß und Blut aus dem Gesicht. Wie bedankte er sich bei ihr? Mit Süßigkeiten? Blumen? Nö. Er hinterließ einfach nur ein Abbild seines Gesichts auf dem Tuch. Als wäre er Justin Bieber.

ÄHM, JA

Wohl eher
nicht.

DONNERSTAG: PEP RALLYE

1, 2, 3, 4 – Mottowoche,
wir sind hier!

Ich sitze auf der Tribüne in der Sporthalle
und ertrage die obligatorische Pep Rallye,
bei der das Laufteam vor dem nächsten Wettbewerb
vorgestellt und angefeuert wird, als mir plötzlich
jemand auf die Schulter tippt.
Iris. »Craig hat mir von dir und Nick erzählt.
Wie traurig.«

5, 6, 7, 8 – wir schlagen sie,
sodass es kracht.

»Das ist gar nicht so traurig. Aber danke.«

7, 8, 9, 10 – wir woll'n
eure Hände sehn!

»Ganz ehrlich? Ich war nicht
überrascht. Nick ist 'ne ziemliche Schlampe.«

»Was hast du gesagt?«

1, 2, 3, 4, …

WÄHREND DIE CHEERLEADER GERADE

eine Katy-Perry-Choreografie verunstalten,
erklärt Iris: »Na ja, du weißt schon. Er hat dich
Craig ausgespannt. Worüber ich natürlich froh bin!
Aber trotzdem, das war ziemlich scheiße seinem
besten Freund gegenüber, oder?«

»Er …« Historische Fehldarstellung
in Reinform.
Die eigentliche Schuldige will also, dass ich glaube,
dass St. Craig fromm danebenstand,
während Nick mich an den Haaren wegzog?
»Er hat mich ihm nicht ausgespannt.«

»WAS?« Sie beugt sich näher zu mir, um mich über
Katy Perrys *Roar* zu verstehen.

»ER HAT MICH IHM NICHT AUSGESPANNT!«

»OKAY. WIE AUCH IMMER.« Die Pyramide
schwankt. Die Musik endet. Und dann: »Craig
sagt immer, dass Nick ein toller Typ ist, aber ich glaube,
er ist ein ziemlicher Idiot.«

»HEY, SOLLTEST DU NICHT DA UNTEN SEIN?«

Sie meint unten beim Team.
Karla Davies vom Cheerleaderteam
gibt Mr. Gray das Mikrofon,
damit er uns daran erinnern kann,
morgen zum Wettkampf zu kommen und
diese kleinen Ladys zu unterstützen – sind Claires
Augen gerade aus ihrem Kopf herausgerollt? –, die
so hart gearbeitet und einen unfassbar
guten Saisonstart hingelegt haben.

»Ich hab aufgehört.«

»Oh«, sagt Iris. Ihr Interesse an Sport beschränkt sich auf einen gelegentlichen Netflix-Marathon. »Oh Gott, das hört ja niemals auf hier.«

Sieht ganz so aus.

LEHRPERSONEN,

die nicht dem Orden angehören,
dürfen im Prinzip Sex haben.
Das will man sich wirklich nicht vorstellen.
Vor allem, wenn es für Mrs. Tran gilt,
die mit dem Mathelehrer verheiratet ist:
Mr. Gray.

Das Bild auf Mrs. Trans Schreibtisch von ihren
Flitterwochen lässt einen schnell bereuen,
Amerikanische Geschichte direkt nach dem Mittagessen
belegt zu haben.

Wenn er sie im Flur sieht, wirft er ihr manchmal einen
Luftkuss zu.

Manchmal bleibt er bis zum Beginn der Stunde
am Eingang zu ihrem Raum
und ich muss mich an ihm vorbeizwängen.
Echt jetzt?

Autopilot

Je weiter du
wegläufst,
umso natürlicher fühlt es sich an.

Du kannst am
Klassenzimmer vorbeilaufen,
als wäre es gar nicht da.

Du findest dich selbst
in einem Auto wieder
auf dem Parkplatz am See,

bevor dein Gehirn
sich Einwände ausdenken kann,

bevor deine Lungen
endlich wieder
atmen.

VERWILDERT

Hier bin ich, ausgebrochen
aus der Gefangenschaft, draußen in der Wildnis.
Was wäre, wenn ich einfach nicht zurückkehre?

Ich könnte
hier am See leben,
in einem Kaninchenbau schlafen,
Familien beim Picknick bedrohen,
Kartoffelsalat erschnorren,
Eisstiele bis aufs Mark aussaugen
Duftmarken am Klettergerüst hinterlassen.

Ich wäre
eine Legende auf dem Spielplatz,
ein Mythos am See,
der in der Abenddämmerung
aus dem Wald herauskommt
und wie King Kong den
Rettungsschwimmerstand hinaufklettert,
um von dort aus die zusammengedrängten Familien
und angsterfüllten Paare anzubrüllen –
und den Veterinär mit dem Betäubungsgewehr.

IN DER ZWISCHENZEIT

Wie kriege ich die
Stunde rum,
bis Juliana kommt?

UM DEN SEE HÜPFEN

Zwei kleine Mädchen in einem Bollerwagen
zeigen mit den Fingern auf mich und kichern.

Genervt quakende Enten flattern aus dem Weg.

Irgendein Fahrradfahrer ruft: »Ja, Baby,
schüttel dein' Speck!«

Eine ältere Dame, die mit ihrem Beagle
spazieren geht, schaut mich finster an
und zieht die Leine enger.

Jawohl, Ma'am,
lassen Sie Snoopy nur ja nicht zu nah an mich ran.
Offensichtlich bin ich völlig
high.

VON WEITEM

bin ich nicht sicher.
Warte. Nein.
Ja, auf jeden Fall.
Sie
läuft
auf mich zu.

Ihre Haare
ihr Gesicht
ihre Arme
ihr Gesicht
ihre Beine
ihr Gesicht
ihre Brüste
ihr Gesicht
ihre Lippen ...
Auf jeden Fall
ihre Lippen
nah genug,
um
sie
zu
küssen.

VARIATIONEN ÜBER EIN THEMA

Ist das gerade wirklich passiert?

Das ist gerade nicht wirklich passiert.

Lass uns so tun, als ob das niemals passiert wäre.

»Wow«, sagt Juliana
mit leicht rotem Kopf,
ein bisschen außer Atem.
»Was war das?«

DER STRAND

Frag mich, wie es für mich war,
und ich werde antworten, ich muss
geschwebt sein.

Die Sonne versteckt sich hinter einer Wolke.
Ich bekomme Gänsehaut von der
Wärme ihrer Schulter, die meine
beinahe berührt.

Jeden Augenblick wird
sie sich ins Wasser stürzen
und ich werde zusehen, wie sie mit
einem Schlag ihrer schimmernden Schwanzflosse
verschwindet.

Wie es für mich war?
Die einzig logische Erklärung ist ...

»ICH BIN SO EINE IDIOTIN.«

»Du bist keine Idiotin.«

Ich scharre im Sand, grabe ein
Loch, das groß genug wäre,
um meine Faust zu verschlingen.
Oder mein Herz (Grundlagen der Anatomie –
beides würde passen.)

»Doch, *bin* ich. Ich weiß nicht,
was mit mir los ist.
Erst Craig. Dann Nick.
Und jetzt ... irgendwie rutsche ich
einfach in diese Beziehungen ...«

Ich will aufstehen, doch sie
legt ihre Hand auf mein Bein. –
Ihre. Hand. Auf. Meinem.
Stopp.

»Okay, also erstens«, sagt sie,
»bin ich kein Straßengraben. Du bist nicht
in mich reingerutscht. Ich bin eine Freundin.«

UND ZWEITENS?

»Ich möchte dir etwas zeigen.
Es ist der Grund, warum ich eine Therapie mache.
Bereit?«

Sie zieht die Ärmel ihres Pullovers hoch,
hält ihre blassen Arme hoch, dreht ihre blassen
Handgelenke ins schwindende Licht.

Oh Gott, ich wusste es.
Die Narben. Die Narben. Die Narben sind
gar nicht da?

OBSTSALAT

Montag Mango. Dienstag Kiwi. Mittwoch
Pfirsich – ihre Mitbewohnerin Heather
hatte für jeden Tag eine eigene Bodylotion.
Juliana sagt, sie rochen fürchterlich,
als sie alle auf dem Boden verschmiert waren.

Sie kann jetzt darüber lachen. »Es war, als ob ich
tatsächlich gestorben wäre, und die Hölle war eine
Douglas-Filiale. Ich bin nur froh, dass ich vor Donnerstag
aufgehört habe.« Sie verzieht das Gesicht. »Kokosnuss.«

Eigentlich wollte sie nicht aufhören.
Eigentlich hatte sie extra eine Nacht abgewartet,
in der Heather ausgegangen war und nicht eingerollt
auf ihrem Bett lag. Sie umklammerte die Klinge,
bis sie schließlich drei Plastiktuben aufschlitzte.

»Ich war so sauer. So angewidert von mir selbst,
weil ich es nicht durchgezogen hatte.«

»Also hast du es an der Feuchtigkeitscreme ausgelassen?«
Super, Addie. Einfühlsam wie Stacheldraht.

Aber – großer Seufzer der Erleichterung – sie lacht
verhalten. »Wie kann sie es wagen, meine Haut so
geschmeidig zu machen!?«

DER WENIGER LUSTIGE TEIL

war es, zurück nach Hause ziehen zu müssen,
in sämtlichen Kursen durchzufallen,
zwei verschiedene Psychiater auszuprobieren,
drei verschiedene Medikamente auszuprobieren,
bis sie welche fand, die kein
ständiges Schwindelgefühl verursachten.

»Oh, und Heather spricht
nicht mehr mit mir.«

»Pech für sie.«

»Ich kann sie verstehen. Sie dachte,
sie würde mich kennen. Dann fand sie heraus,
dass sie keine Ahnung hatte.«

DAS IST DIE STELLE,

an der ich ihr
mein Geheimnis erzähle,
richtig?

FALSCH
FALSCH
FALSCH
FALSCH
FALSCH
FALSCH
FALSCH

DAS IST DIE STELLE,

an der ich mich in Nick
oder Claire
oder meine Eltern
verwandle und frage:
»Aber dir geht's jetzt besser?«,

an der sie sich zu mir umdreht
und antwortet: »Du musst dir
keine Sorgen machen«,

an der ich-als-Nick-oder-Claire-oder-meine-Eltern
mich erleichtert fühle,

an der ich-als-ich mich wundere
ob sie das nur sagt,
weil sie weiß, dass ich das
und nur das
hören will?

AUS DER ABTEILUNG FÜR OFFENSICHTLICHE METAPHERN

Wir laufen zum Parkplatz.
Ich will gerade über den Fahrradweg laufen,
als Juliana aufschreit und mich zurückreißt.

»Alter!«, sage ich. »Wo kam
das Arschloch denn plötzlich her?«

»Keine Ahnung, aber der war
verdammt schnell unterwegs. Du hättest
dich ernsthaft verletzen können.«

Als wir bei meinem Auto ankommen
und uns beinahe küssen, zwinge ich mich,
die Bremse zu ziehen und zu einer
Umarmung abzustoppen.

ABENDESSEN ALLEINE

Mom und Dad sind bei einer
Veranstaltung in der Kirche.
Ein Zettel weist mich auf das Essen von
gestern hin, das ich mir aufwärmen soll.
Aber ich mache mir lieber Müsli,
trage die Schüssel zum Sofa
und schalte durch die Fernsehsender.

CSI?
Dschungelcamp?
Der Bachelor?
Doctor Who?

Außerdem läuft
Die Juliana-Show.

Als ich schließlich
meine Augen wieder öffne
und die Hand
aus meiner Hose ziehe,
ist mein Müsli ein einziger Matsch
und im Fernsehen läuft
Golf?

Beim letzten Abendmahl

In dem Moment,
als Jesus seinen Jüngern sagte:
»Nehmet und esset alle davon,
dies ist mein Leib«,
hat er sich da Sorgen gemacht,
dass sie sagen könnten: »Nein,
danke. Wir haben gerade erst
zu Mittag gegessen?«

Es war ein Risiko,
sich selbst
seinen Freunden anzubieten.
Glücklicherweise waren sie
hungrig.
Oder nahmen zumindest
ein paar Bissen
aus Höflichkeit.

MOM VS. ORKAN

Es ist zurück!
Und es hängt an der Wand
in einem brandneuen silbernen Rahmen,

fordert mich
auf meinem Weg nach oben heraus,
etwas Schlimmes zu tun.

Ich berühre das Glas,
hinterlasse einen streifigen Abdruck ...

Orkan Addie
hat genug
angerichtet.

NICK SCHREIBT

Hey
Hey
Immer noch sauer?
Stinksauer
Okay …
War nur ein Scherz
Echt jetzt?
Das mit dem Scherz war kein Scherz
Hast du das von Milo und Sabrina gehört?
????
Sind wieder zusammen
Nein!
Auf Wiedersehen »Lotterleben der Zickenkönigin«
Hallo »Ich will in ihrem Lächeln sterben«
Hey, der Song war süß
Jap, deshalb hab ich ihn gefragt
Dich zu heiraten?
Haha. Versprich mir, nicht zu lachen
Ich schwöre
Ich hab ihn gebeten, meinen Text zu schreiben
Mutig
Er ist ganz gut geworden
Schon fertig? Speedy Gonzales
Der Typ hat gerade die Kraft der Liiiiiiebe

Wie emotional ist es?
Es heißt »Ständer-Motel«
Uh, der Song geht bestimmt richtig ab
Total!
Ich kann es nicht erwarten, ihn zu hören
Komm halt zum Halloweenkonzert bei Arthur?

WER WEISS

Vielleicht gehe
ich wirklich zu dem Konzert.

Vielleicht bringe ich
eine Freundin mit.

WAS WÜRDE NICK TUN?

Wenn er über
mich und Juliana
Bescheid wüsste
und darüber,
was wir
heute Nachmittag
gemacht haben?

Wahrscheinlich
WÜRDE
ER
DURCHDREHEN
und sich dann hoffentlich
wieder beruhigen.

FREITAG: KONSERVENDOSEN FÜR DIE OBDACHLOSENHILFE

Wir folgen dem Aufruf Christi,
seine Schafe zu füttern
mit Dosenmais und Kidneybohnen.

Die Schulsekretärin macht eine
Durchsage, erinnert die Lehrer daran,
bitte das Crosslaufteam zu entschuldigen,
da ihr Wettkampf gegen Bloomington ansteht –
Go, Crusaders!

Claire schaut nicht zu mir rüber.
Schließlich schicke ich ihr eine kurze Nachricht.
VIEL GLÜCK!!!!!!!!!!!!

Zehn Minuten später ...

Fünfzehn Minuten später ...

Zwei Stunden später ...

Keine Antwort.

DER PAUSENHAI: DIE NÄCHSTE GENERATION

Ein echter weißer Hai
wäre schon längst verhungert.

Meine Beute verschwindet
in der Bibliothek,
der Toilette im zweiten Stock,
dem Pausenraum,
wo die nutzlose Meredith
keine Ahnung hat: »Ich glaube, Claire
hat jetzt Kunst. Oder war's Chemie?«

Am Tisch, auf dem die gespendeten
Lebensmittel gesammelt werden,

komm ich näher

und näher.

Ich bin bereit, zuzuschnappen ...
Und was soll ich sagen?

Bis ich mir das überlegt habe,
ist sie weg,
ohne eine Spur zu hinterlassen
außer
zwei großen Dosen Ravioli.

DIE KIRCHE SPENDET

Frauen, die eine Abtreibung hatten,
Mitgefühl.

Das steht zumindest so
in unserem Buch auf Seite dreiundfünfzig.

Allison stimmt zu. »Bei Hope's Journey
geht es vor allem um Mitgefühl.«

»Willst du uns erzählen, wie sie das
ausdrücken?«, fragt Schwester Barbara,
als ob Allison noch Ermunterung bräuchte.

»Sie haben einen Ablauf entwickelt,
der Frauen hilft, loszulassen und sich nicht mehr
schuldig zu fühlen.
Das ist bei jeder Frau unterschiedlich. Manche schreiben
Briefe an ihre ungeborenen Babys.
Oder Lieder oder Gedichte. Oder halten ein kleines
Begräbnis ab. Oder pflanzen einen Baum. Oder kaufen
ein Medaillon als Erinnerung.«

Ich verliere die Kontrolle über meine Hand, sie schießt
einfach hoch: »Bäume und Schmuck sind ja eine tolle
Sache, aber das klingt für mich nicht nach Loslassen.«

Schwester Barbara lässt Allison antworten: »Na ja,
es ist wie ein Ritual. Sie können es nicht verarbeiten,
bevor sie nicht anerkennen, was sie getan haben. Es hilft
nichts, davor wegzulaufen.«

Im Ernst? »Das klingt für mich nicht besonders heilsam.
Eher so, als würde man
Salz in die Wunde streuen.«

»Genau!« Allison strahlt. »Sie müssen den Schmerz
fühlen, um ihn loszuwerden.«

»Was für ein riesiger Haufen Sch…«

»Respektvoller Umgang bitte, Ladys.
In Ordnung, bitte nutzt die letzten zehn
Minuten, um aufzuschreiben, was
Mitgefühl für euch bedeutet.«

~~Ich glaube nicht …~~

~~Ich verstehe nicht …~~

~~Dieser doofe Kurs …~~

~~Ethik = riesiger Unsinn …~~

~~Ich bin nicht sicher, was …~~

~~Was ich sagen will …~~

~~Glaubt sie wirklich …~~

~~Lieber ??????????????~~

~~Liebe ?????????~~

~~Lieber was?~~

~~Liebe wer?~~

Liebe(r) du,

sie will mir einreden,
dass du irgendwo da oben bist und deinen
himmlischen Posteingang checkst, in der Hoffnung,
eine Entschuldigung von mir zu finden.

Sie wollen, dass ich dich mir
als Person vorstelle,
nicht als dauerhafte Leere –

ein Mädchen mit Nicks Lächeln,
ein Junge mit meinen Augen,
ein Baby
mit den Haaren meines Vaters
dem Kinn meiner Mutter,
den unfassbar langen Zehen meiner Oma.

Wie du ausgesehen hättest,
wer du gewesen wärst,
ich kann es nicht wissen.

Aber ich weiß ganz sicher,
dass ich niemals wollen würde,
dass du dich selber hasst.

Ich würde dich so sehr lieben,
dass ich dich niemals
einen so verkackten Brief
wie diesen schreiben lassen würde.

Alles Liebe
Ich

WAS ICH WIRKLICH SAGEN MUSS …

»Es tut mir leid, dass ich
derart scheiße war. So.
Hörst du jetzt auf, mir aus dem Weg zu gehen?«

»Mach ich doch gar nicht, du Dummkopf.«
Claire kniet vor ihrem Spind, umgeben
von ihrer Uniform: Socken, Shorts, Pulli.
Sie sieht so aus, als ob sie gerade aus einer
Pfütze geschmolzener Zuckerstangen aufsteht.
»Ich …« Sie schüttelt den Kopf. »Ich muss los.«

»Okay, viel Glück! Also,
nicht dass du das nötig hast.«

Sie hört auf, Kram in ihre Tasche zu stopfen.
»Willst du mich verarschen?«

Ich bin es leid,
mit ihrem Hinterkopf zu sprechen,
und lasse mich neben sie auf den Boden plumpsen.
»Was?«

»Du hast recht.
Ich brauch kein Glück.
Ich brauch ein Wunder.
Oder eine Lobotomie.

Oder eine …«
Sie wirft ihre Arme hoch
und trifft dabei fast einen vorbeilaufenden Mitschüler.
»Zeitmaschine. Um dahin zurückzugehen,
als du noch nicht einfach aufgegeben hattest.
Und ich bei jedem Wettkampf persönlichen Rekord
gelaufen bin, weil ich mit dir Schritt halten wollte.«

Also ist Claire doch nicht komplett selbstlos.
Das ist eine Erleichterung.

»Die Strecke in Bloomington ist flach.
Du wirst Bestzeit laufen, kein Problem.«

»Haha, das sagst du so leicht.«

Wir sitzen wortlos inmitten
ihrer Unordnung, bis sie sagt:
»Kannst du mir wenigstens deine
Wasserflasche leihen?
Meine ist undicht.«

NATÜRLICH BIN ICH NICHT EIFERSÜCHTIG.

Der ungepflegte Typ – Juliana sagt,
er heißt Seth – macht mir
meinen Kaffee, wie immer.
Nur, dass ich heute zwei will.
Zum Mitnehmen.

»Ist der für deine Freundin?
Sie wird begeistert sein.
Wir haben wieder
Haselnuss-Sirup.«

Dann weiß er eben,
was sie mag.
Na und? Richtig?

Nach der Therapie steigt sie in mein Auto
und nimmt einen langen, genüsslichen Schluck.
»Hm ... lecker!«

Pass auf, was du tust, Seth!

FAST DA

Sie wird es nicht schaffen.
Wir hätten uns weiter vorne hinstellen sollen.
Nein.
Genau hier braucht sie uns.
Für den Extrakick.

Juliana tippt mich an. »Da kommen sie!«

Zwei Läuferinnen von Bloomington
schießen zwischen den Bäumen hervor.
Ich konzentriere mich auf die Lücke
hinter ihnen, wünsche mir mit aller Kraft,
dass Claire sie schließt.
Komm schon, komm schon, komm schon ...
Ja!

Sie holt auf.
Nein, sie fällt zurück.

»Auf geht's, Claire!«, ruft Juliana.
»Endspurt!«

Mein Schild sagt nicht

UNGLÜCKSKEKS

oder

DEINE PANIK

oder

SPÜRST DU DAS KÄSEBAGUETTE?

Ich bin nicht hier, um witzig zu sein.

Ich bin hier,
um neben ihr zu laufen,
um ihr zu zeigen,
sie ist:

FAST DA.

WETTKAMPFANALYSE

Du hättest das nicht tun müssen.

Hey, du hast kein Recht darauf,
das einzige gefressene Geißlein zu sein.

Hast du das Ziegenbärtchen,
vom traurigen Wolf gesehen?
Das sieht aus, als hätte die Sexraupe
einen dicken Haufen gemacht.

Kurz bevor sie die Chance hatte,
sich in einen wunderschönen
Sexschmetterling zu verwandeln.

Oh Gott, das Bild krieg ich jetzt
nie mehr aus meinem Kopf.

Jetzt mal im Ernst, Addie. Was hätte ich
sagen sollen, als er gefragt hat,
wie meine Saison läuft?
Ich kann schlecht so tun, als ob ich
ein Superstar im Collegeteam wäre,
nur damit er mich als persönlichen
Erfolg *in seinen Lebenslauf schreiben kann.*

Apropos Erfolg, weißt du noch deine
persönliche Bestzeit für diese Strecke?

Logo.

Wie schnell?

Wie schnell warst du denn, du Sportskanone?

Wer zuerst am Auto ist ... wenn du gewinnst,
sag ich's dir.

Na dann, sei bereit für eine
Beichte!

Mariä Himmelfahrt

Als ihre Tage auf der Erde vorüber waren,
hob Gott sie sanft in den Himmel.
Körper und Seele.

Während sie ins Licht aufstieg,
muss sie sich so gefühlt haben
wie ich gerade
bei diesem Wunder
mit Juliana,
die sich zu mir herüberlehnt
um mir ihre Bestzeit ins Ohr zu flüstern.

SONNTAGMORGEN

bei Java Joe's.
Ich werde eine Weile
hier sein.

Also gönne ich mir einen Zimtbagel,
lächle der Frau zu, die Klausuren korrigiert,
ziehe eine Grimasse für die schreienden Zwillinge,
gehe zu meinem Lieblingstisch,
baue mein »Büro« auf – Laptop, Notizbuch, Stift.
Schaue zur Tür. Schaue wieder.
Stelle mir vor, dass sie hindurchkommt.
Stelle mir vor, dass ich aufstehe.
Stelle mir vor, wie sie näher kommt.

Hör auf, Addie.
Fang an zu arbeiten.

FÄLLIG AM MONTAG

Schwester Barbara hat gesagt, ich soll
ein Thema wählen, das mich wirklich
leidenschaftlich interessiert.

Ich hab nichts über
soziale Gerechtigkeit,
Sterbehilfe,
Tierschutz
oder Fracking.

Alles, was ich habe,
sind meine Gedichte.

Einfach genug,
sie zu schreiben.
Gar nicht so einfach,
sie abzugeben.

SCHEISS DRAUF

Schwester Barbara will Leidenschaft?

Kann sie haben!

»ERDE AN ADDIE?«

Als ich hochschaue,
nimmt sie das Handtuch von den Schultern,
legt es auf meine. »Frisch und sauber, wie
versprochen. Wenn auch nicht ganz so fluffig
und gefaltet. Sorry.«

Es ist warm.
Es riecht nach ihr.
Hmmmmmm.

»Was bist du so konzentriert?«, fragt sie.
»Woran arbeitest du?«

Ich gebe ihr mein Notizbuch – Montag wird das
schwieriger werden.

SIE KLAPPT DAS NOTIZBUCH ZU.

Öffnet ihren Mund.
Schließt ihn.
Öffnet ihn und sagt:
»Das ist also deine Geschichte?«

Am Fuß einer großen Anhöhe
hast du immer die Wahl:
Läufst du weiter
oder gibst du auf?

Dieses Mal
entscheide ich mich,
weiterzulaufen,
meinen Mund zu öffnen
und ihr
alles
zu erzählen.

DANKSAGUNG

So viele Menschen waren wichtig für mich, während ich dieses Buch geschrieben habe. Ihr wisst, wer ihr seid. Wenn nicht, kommt bitte nach dem Unterricht zu mir. Ein paar von euch haben sich ein besonderes Lob verdient: Tina Wexler, Martha Mihalick und Ron Koertge. Es gibt nicht genug Pluspunkte im ganzen Universum, um auszudrücken, wie sehr ihr geholfen habt.